集英社オレンジ文庫

有閑貴族エリオットの幽雅な事件簿

栗原ちひろ

本書は書き下ろしです。

Yukan Kizoku Elliot no Yuuga na Jikenbo

Contents

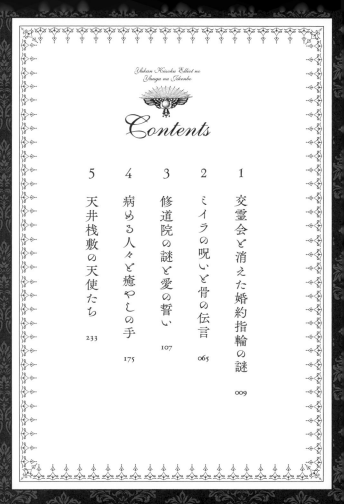

イラスト／カズアキ

有閑貴族エリオットの幽雅な事件簿

覚えているのは、鮮やかな青。

「エリオット、ご覧なさい。きれいでしょう」

あれはエリオットが十歳のときだった。家族みんなで父が所有する小型帆船《はんせん》に乗り、イングランド南東部のブライトンを出てどれくらいが経《た》ったのだろう。まだ美しさの盛りにあった母は、旅行用にしては豪華すぎる黄色のドレスをひらめかせてエリオットを呼んだ。

船の舳先《へさき》で足をぶらぶらさせていたエリオットは、難しい顔で彼女を振り返る。

「空と海しか見えませんよ、お母さま」

彼は少々不機嫌だった。辺りは見渡す限りの海と空。べた凪《なぎ》の海は巨大なサファイアの表面をノミで削り取ったみたいにきらめいていたが、ただそれだけだ。

退屈そうな息子を見つめ、母は海と同じ色の目を細めて言う。

「そうね。じゃあ、空と海は何色?」

「青ですよ。お母さまにも見えるでしょう」

ぶっきらぼうに告げたエリオットに、甲板《かんぱん》作業をしていた父と船員から笑い声が届く。何が面白いんだとエリオットが思っていると、母も溢《あふ》れるほどの笑みを浮かべた。風もないのに黄色のドレスが揺れ、辺りの青がエリオットの目に焼きつく。母は囁《ささや》く。

「あなたに見えているならそれでいいのよ。エリオット」

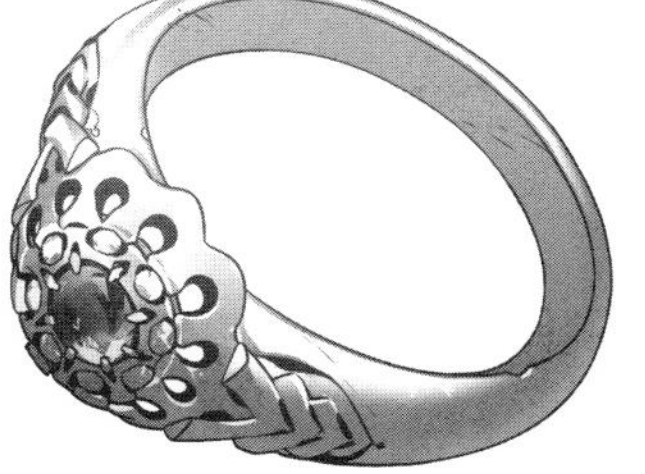

1 交霊会と消えた婚約指輪の謎

「ねえ、エリオット。あなたが世間でどう呼ばれているかご存じ？」

「華麗なる花々溢《あふ》れる陶磁《とうじ》器の花瓶《かびん》に描かれた小鬼。もしくは片目の駄犬ですか？」

なんとも芝居がかった言い回しだ。そのくせ不思議といやみがない。

フランスから来た貴婦人は、彼の言いように思いきり鼻を鳴らした。

「よく言うわ。あなたが駄犬なら、この国の男は首にタイを巻いたネズミの群れじゃない。あなたの通り名は『幽霊男爵』よ」

貴婦人がフランスなまりのある英語で『幽霊』を強調すると、ホテルの特別室にどかんと置かれた花瓶が笑い声を立てる。

正確に言えば、大量の花が溢れる花瓶の後ろで、彼が低く笑った。

「なるほど、幽霊ですか。納得はいきますが初耳です。それとも忘れてしまったのかな。何せこういう男なもので、嫉妬《しっと》にくるった紳士《しんし》に発砲されたことがあるんです。よりによってこめかみに銃口を突きつけられて――バン！」

勢いよく銃の音を口まねし、男はひょこりと花瓶の向こうから顔を出す。

歳《とし》は二十代後半――いや、案外二十代半ばなのかもしれない。筋肉質な体格はすっかりでき上がっているのに、浮かべる笑みはどこか少年くさい男だ。

彼はなめらかな動きで両手のシャンパングラスをかかげ、貴婦人に歩みよった。

「そのときは幸い弾《たま》がそれたと思いましたが、僕の勘違いだったのかもしれない。本当は僕の頭には大穴が空いていて、おかげで物忘れが酷《ひど》いのかも。どうぞ、シャンパンです。どうせ何もかも忘れてしまうなら、昼から酔っ払っても同じでしょう」

「またそうやってふざけてばっかり！　あなたが『幽霊』なのは、ロンドン中の心霊がらみの会に必ず顔を出すからよ。それともあなた、目を離したらすぐに煙になってどこかへ消えてしまうのかしら？」

どこか恨みがましい調子の貴婦人にグラスを渡し、エリオットは彼女の座る寝椅子《ねいす》の端にちょこんと腰掛ける。そうしてしばし無言で貴婦人を見つめていたかと思うと、ゆったりと小首をかしげて微笑《ほほえ》んだ。笑みはもとより美しい彼の顔立ちを不躾《ぶしつけ》なくらい甘くして、貴婦人の頰《ほお》がみるみる赤らんでいった。

エリオット。彼はどこか人慣れした黒豹《くろひょう》を思わせる。

美しい面立ちは大英博物館のアポロ像のよう。きちんと後ろに流した黒髪も、中心にオレンジ色がにじむ真っ青な瞳も、さんさんと降る陽光の国の香りをまとう。なのに肌は死人のように白く、右目は黒々とした眼帯に隠されているのが剣呑《けんのん》なのだ。

牙を隠したしなやかな男が、熱く視線を絡ませたまま薄い唇を開く。

「なるほど、それで『幽霊男爵』ですか。いいですね。そこの扉から怒れるあなたの旦那《だんな》さまが入っていらしたら、今度は撃たれる前に煙になることにします」

エリオットは言い、自分のグラスを貴婦人のグラスに触れさせた。繊細な音が高級ホテルの一室にかすかに響き、消えていく。

百戦錬磨《れんま》のはずの貴婦人は少女のように頬を染めたまま、うわずった声で続けた。

「あなたをつかまえておくにはどうしたらいいのかしら？　とびっきりの交霊会の情報をあげると言ったら、今日と明日くらいは私のそばにいてくれる？　それとも怪しいサロン・ド・テの話のほうがお好みかしら、『幽霊男爵』さん」

交霊会、と言うと、エリオットの瞳がぎらりと輝いた。

「とびっきりとは聞き捨てなりませんね。是非《ぜひ》とも交霊会のほうのお話を聞かせてほしい」

思った以上の食いつきように、貴婦人はいささか気後れした様子で告げる。

「本当にお好きなのね。私はああいうものはぞっとするから、ご一緒はできないわよ？　それでいいなら、『沈黙の交霊会』という会をご存じ？」

「残念ながら。沈黙というのは一体なんで？　みんな口を縫って参加するんですか？」

「まさか！　あんまりにも悪趣味な発想をしないで、ぞっとするって言ったでしょう！　違うわよ。……ただね、その交霊会では、猛烈に恐ろしいことが起こるんですって」

「猛烈に、恐ろしいこと」

繰り返したエリオットの顔は真剣そのものだ。貴婦人はうなずく。

「そうなの。あまりに恐ろしいから、終わったあとに誰もその交霊会であったことを話さないのですって。だから『沈黙の交霊会』。私、それを聞いたときにぶるっときたわ。ぺらぺらと心霊について話す方々はあんまり信用がおけないけれど、恐怖のあまりの沈黙には説得力があると思わない？」

「思います。思いますよ、マダム」

力強くうなずくエリオットはいつになく人間らしく見える。

貴婦人はほっとした。彼女は大きな声では言えないが元フランス貴族の家柄で、悠々自適の旅三昧《ざんまい》の日々を送るうちに、自分より随分《ずいぶん》年下の神秘的な美男子に魅入られてしまったのである。

「ねえ、エリオット。もう一杯シャンパンを飲まない？　そのあと……」

艶《つや》っぽく潜《ひそ》めた声で切り出した貴婦人だったが、エリオットは不意に彼女の腕を摑《つか》んだ。

驚いて目を瞠《みは》る彼女に顔を近づけ、食いつくように問う。

「マダム！　その『沈黙の交霊会』はどなたが開催なさっているんです？　是非とも、この哀《あわ》れな幽霊に教えてくださいませんか！」

「何よ、いきなり！　そうね、ええと、確かイタリアの……」

「イタリアの!?」

「モ、モルダーノ伯爵だった、かしら……?」

本来はもっと引っ張るつもりだったのだろう、貴婦人はしどろもどろで名を告げる。

エリオットはその名を記憶に刻むと、さも楽しそうに声を立てて笑った。続いて俊敏な所作で立ち上がり、貴婦人の指にキスを落とす。

「ありがとうございました、マダム。あなたの行く道々に花が咲き乱れますように!」

「え? ちょっと、エリオット! どこへ行くの、エリオット!」

貴婦人は叫ぶが、エリオットは気にせず自分のトップハットと外套《がいとう》をひっつかんで飛び出していく。豪奢《ごうしゃ》な廊下を行く客たちを猛然とすり抜け、「どうなさいました」と訊《き》いてくる従業員たちを無視して、エリオットは使用人控え室に首を突っこんだ。

「コニー! 帰るぞ!」

彼が声をかけると、ソファでおしゃべりしていたメイドたちがびっくりして手を握りあう。ここは紳士淑女《しゅくじょ》たちが連れてきた使用人たちが主人を待つ部屋だが、主人自《みずか》ら彼らを呼びに来ることはめったにないからだ。

一体何事かとざわつく部屋の端から、金髪の少年が素早くエリオットに駆け寄ってきた。彼は人形めいた無表情で淡々《たんたん》と言う。

「お泊まりにはならないんですか、エリオットさま」

「ああ、『幽霊男爵』の仕事が降ってきたからね！　すぐに屋敷に帰って、『沈黙の交霊会』の招待状を探すんだ！」

エリオットは叫び、少年の手を引かんばかりの勢いで正面玄関へ向かった。

「いってらっしゃいませ、旦那さま」

ホテルのお仕着せを着た男たちが両開きの扉を開くと、じめついたロンドンの大気が頬を撫《な》でる。エリオットはそれを期待に満ちた微笑みで蹴散《けち》らして、少年と共に曇天《どんてん》の下へと出て行った。

◇

十九世紀後半、ヴィクトリア朝ロンドン。

産業革命に沸いたこの時代は、科学の時代であるのと同時にオカルトの時代でもあった。世界が急速に科学の側に傾いていく中で信仰の力が弱まり、行き場をなくした不安や恐怖がオカルトの形をとって噴出したのだ。

交霊会もそのひとつ。

度重なる飢饉《ききん》や南北戦争の傷を癒《い》やすためにアメリカで生まれた「霊との交信」という思想は、海上定期便でもってイギリスへと輸入されたのである。

「ここ一カ月の間に来た招待状の類《たぐい》を、全部出してくれ！」

屋敷に帰るなり、エリオットは高らかに叫んだ。

雰囲気とは裏腹に古いイングランド貴族の血を引く彼のタウンハウスは、ケンジントンガーデンズのすぐそばにあった。

かつて貴族たちが宮廷で政《まつりごと》に参加していたように、この時代の世襲貴族の当主は自動的に貴族院議員となる。ゆえに議会がある九月から翌年三月下旬は領地のカントリーハウスを離れ、ロンドンのタウンハウスで過ごすのだ。

タウンハウスはあくまでも期間限定の仮の宿りでもあること、そして大都市ロンドンにあることから、カントリーハウスより規模も装飾も簡素なものだ。エリオットの屋敷もご多分に漏れなかったが、ロンドン中探しても他に見ないような不思議な点もある。

「お帰りなさいませ、旦那さま。ここ一カ月の間に来た招待状をすべて、ですか」

出迎えた執事のスティーブンスは、完璧な所作で主《あるじ》の帽子と外套を受け取りながら訊いてきた。

「そうだ。もう捨てたか？」

「旦那さまのご許可があったもの以外はすべてとってございますが、たいそうな量になります」

年齢は四十そこそこなのに、表情と口調は伝統で四角に塗り固めたかのようにいかめしい。そんな彼がちょっと面白くて、エリオットはにっこり笑って長身をかがめ、彼の顔をのぞきこんだ。

「書斎に入りきるか？」

「……はい」

エリオットの問いに答える執事の眉が、ほんの少しだけ動く。

と、そのとき、執事の後ろから白髪の好々爺《こうこうや》が顔を出した。彼もまた執事然とした折り目正しい服装をしているが、スティーブンスと比べると段違いに落ち着いている。

老執事はエリオットにこっそり囁《ささや》く。

「机に載りきるかは微妙でございます」

「よし、ここ半月分にしよう。中身の検分はコニーが手伝う」

エリオットが言うと、スティーブンスは明らかにほっとした様子だった。しかしすぐにいかめしい調子を取り戻し、ずい、とエリオットに詰め寄る。

「わたくしがお手伝いいたしましょうか」

「君のほうが手助けになるのはもちろんだが、コニーにもっとこの階級の人々の名前を覚えさせたいんだ。身寄りのないボーイがこれから出世していくには、必要な知識だよ」

少し落ち着いた口調でエリオットは説明する。スティーブンスはエリオットの傍《かたわ》らで気配を消しているコニーにちらりと視線を投げ、しばしの沈黙のあとにうなずいた。

「さようでございますか。では半月分の招待状をコニーに持っていかせ、そののち、わたくしがお茶をお届けに参りましょう」

「頼むよ、僕らが作業に少し飽きたころを見計らってくれ。ビスケットはちょっと焦《こ》げたところがあればそれがいい。さ、コニー、行っておいで」

「はい」

コニーは直立不動になって答え、さっとスティーブンスについていく。

彼の金髪がきらきらと輝きながら玄関ホールを横切るのを見送り、残ったエリオットと老執事は少々手狭な螺旋《らせん》階段を上っていった。

「素直で熱心でいい子だ。そう思わないか？　ジェームズ」

「スティーブンスが、でございますか？」

エリオットの問いにジェームズと呼ばれた老執事が囁き返す。彼のぱりっとした襟《えり》の高さが微妙に変化したのが見えた気がして、エリオットはくすりと笑った。

「僕はまだ、彼を『子』とは呼べないな。コニーのことさ」

「コニーはもちろんいい子でございますよ。我々はみんな、コニーのことが大好きです。ですがエリオットさま。スティーブンスも誠実ないい男です。だからこそ、旦那さまがきちんとしたお嬢さまたちのいらっしゃる集まりに出ないで、怪しげな心霊系の会にばかり出ておられるのが心配なのです」

「うん。まあ、そうだ。わかってるよ、ジェームズ。スティーブンスは心配性なんだ」

エリオットは少し眉尻を下げて言った。声がどことなく幼くなってしまうのは、実際に幼いときから彼と共にいるせいだろう。老執事は書斎の扉の脇にやってくると、恭《うやうや》しく一礼していたずらっぽく笑った。

「わたくしも心配はしております。坊ちゃまのことはいつでも心配ですね」

「それもわかってる。何せ船からついてくるくらいだからね、君は心配の達人だ」

応じるエリオットは、邪気のない共犯者の顔だ。

と、そこへ、コニーが箱に山盛りの招待状を抱えてやってきた。

「旦那さま、これですべてになります」

「ほう！　これはなかなかの収穫量だね。ぴかぴかの林檎《りんご》には興味がない、毒林檎に、腐った林檎はいかほどあるかな？」

エリオットはぱっと目を輝かせて言い、自ら書斎の扉を開けてコニーを迎え入れた。

コニーは少し申し訳なさそうに部屋へ入り、マホガニーの机に箱を置く。

書斎はエリオットが先代から屋敷を受け継いだあと、真っ先に改造された場所だ。元の壁紙はひっぺがされてアフリカのジャングルを思わせる緑の植物柄に変わり、天井にはわざわざ画家を呼んで青空と飛び交う鳥を描かせた。

壁にかかっていた名画や陶器の類はことごとくカントリーハウスに送り返され、代わりに作り付けられたのは陳列棚だ。棚の中に並ぶのは珍しい動物の剝製《はくせい》、頭蓋骨《ずがいこつ》、背骨で作った首飾り、金属にしか見えないような宝石、その他様々な博物学趣味の物品たち。

この書斎を訪れるひとは一目で主の愛するところを知るだろう。

それすなわち、『美』と『驚き』。

そのふたつの要素がぎりぎり均衡《きんこう》するところを、エリオットは愛する。

「さて、探す招待状はイタリアのモルダーノ伯爵からのものだ。ここ数年の努力の結果、僕のもとにはロンドン中の交霊会のお誘いが集まってくるようになっている。最近は『幽霊男爵』だなんて呼ばれているそうだし、見つかる可能性は高い。いくぞ、コニー」

「はい、エリオットさま」

淡々と答え、コニーは陳列棚と書棚に囲まれた机に招待状をぶちまけた。エリオットは行儀悪く口笛を吹き、鼻歌交じりで招待状を取り上げては箱に戻す。

コニーもその横に立ち、せっせと作業に参加しながら主に問うた。

「エリオットさま、『沈黙の交霊会』とやらも、結局インチキなんでしょうか？」

「行ってみるまではわからないよ。参加者が皆黙りこくるほどの恐怖を感じる交霊会だというんだ、ひょっとしたら本物かもしれない。特定の死者と交信できるなら、それはすごい技術だ。僕は『見る』ことしかできないからね」

エリオットは優しく言い、目の下に指を添えて笑ってみせる。

「見ることしかなんておっしゃらないでください。僕は、本当にたまにしか見えない」

はにかむようにまつげを伏せて返すコニーは、まさに少女そのものだった。

しかもとびきりの美少女だ。蜜《みつ》色にとろりと光るハニーブロンドは生まれながらに天使のようなウェーブがかかっており、少し大きすぎるほどの目はミステリアスなグレーグリーンで、金糸のようなまつげにぐるりと囲まれている。年のころは十二、三にも見えるが、実際は十五歳くらいとエリオットは想像していた。

「もっと見えればエリオットさまのお役に立てるかもしれないのに、ふがいないです。あとは、エリオットさまを呼ぶことくらいしかできなくて」

「見えすぎてもいいことはない。視覚に頼りすぎるのは危険だ。そら、ごらん」

エリオットは力強く言い、壁にかかった不思議な細密画を指さす。使用人に対するというより、歳《とし》の離れた弟に対するように彼は続ける。

「あれは近年になって発見された微生物の細密画だ。ああいったものがひとに病気をもたらし、傷口を腐らせ、死体を分解している。しかし、微生物は肉眼では見えないゆえに、ずっと『ない』ものと思われていた。すべての病気は悪臭から発するとされ、虫は空気から生まれるとすら思われた！　見えるものだけを信じるというのは、そういうことだ」

「はい」

「見えないものはある。大事なのはそれを信じることだよ、コニー。僕がロンドン中の交霊会に顔を出す本当の理由を、お前は知っているね？」

エリオットが静かに言うと、コニーは細密画から視線を戻して答えた。

「はい、エリオットさま。あなたはご自分の力で、『見えているふり』でひとをだます、エセ霊能者をたたき伏せていらっしゃる。あなたのご家族を侮辱《ぶじょく》した奴らや、僕を作った手品師をたたき伏せたのと同じように」

エリオットはかすかに苦笑し、彼のふわふわの金髪をくしゃりと撫でた。この少年の中に、どれだけ自分の言葉が染みたのかはわからない。だが、繰り返すしかないのだ。

念入りな暴虐《ぼうぎゃく》で失われたものを取り戻すには、根気が要る。

「いいかい、コニー。僕が君を助けたのは単なる同情からだが、そばに置いているのは僕の助けになるからだよ。君の断片的にでも『見える』才能と、サーカスで培《つちか》われた身体能力。どちらもエセ霊能者を裁くには必要不可欠なものだ。……そして何より、君のこの手が、僕を救い続けている」

エリオット付きのボーイ、つまり下っ端《したっぱ》の男性使用人であるコニーは、元はサーカスで手品師の助手をしていた。その扱いのひどさに呆《あき》れたエリオットが説得と金で引き抜き、今は生活をまるごと面倒みているのだ。

きちんと手袋をしたエリオットの指が、コニーの手に軽く触れる。かつてタコだらけだったコニーの手は随分と柔らかくなったけれど、それでも労働する者の手だった。

人形めいた顔とは裏腹の、温かい手。

人間の手だ。

「僕の、手」

コニーの瞳が揺れ、言葉がのろのろと吐き出される。触れた手がかすかに震えているのを知り、エリオットはあえて声を明るくする。

「さて、そろそろ仕事に戻ろうか。目当ての毒林檎は見つかったかな?」

「残念ですが、こちらにはないようです。もっと前のものを持ってきましょうか」

我に返って訊いてくるコニーに、エリオットはふむ、と曖昧《あいまい》な返事をした。

この結果はある程度予測していた。モルダーノ伯爵とやらの名にはどことなく聞き覚えがあったが、逆に言えば、聞き覚えしかなかったからだ。社交界というものは結局『知り合いの集まり』だ。広いようで実に狭い。頻繁《ひんぱん》に交霊会を開いているような心霊好きなら、お互いもっとよく知っているほうが自然だ。

そこへ、穏やかな老執事の声がかかる。

「旦那さま」

「やあ、ジェームズ。どうした？　そろそろ暇を取りたくなったかな」

エリオットの軽口には優しく微笑み返し、老執事ジェームズは告げる。

「お客さまがいらしております。ここでお会いになりますか？」

「いや、下に行こう。予定はないはずだが、男性かな、女性かな？」

「『お仕事』のお客さまです」

「ほう、それはいいね。すぐに行こう！」

エリオットは明るい声を上げ、コニーに鏡を持たせて身支度を整えた。髪は抜け目なく梳《す》き、アスコットタイは粋に結び直し、最後に眼帯の位置を直して書斎の扉を開ける。

そこにはちょうど紅茶を持ってきたスティーブンスがおり、若い執事はぎょっとした顔を大急ぎで取り繕《つくろ》った。

「旦那さま、どちらへ」

「お茶は応接室に持ってきてくれ、あっちで飲みたくなった！」

最低限の指示を投げ、エリオットは一段飛ばしで階段を下りていく。

「坊ちゃま、はしたないですよ。一段ずつ歩いてください」

「心では三段飛ばしのところを妥協《だきょう》してる、褒めてくれ！」

背後からジェームズにたしなめられつつ、エリオットは応接室に飛びこんだ。

来客用にあつらえられた部屋は書斎とは打って変わった明るい空間で、壁紙からカーテンまでクリーム色に統一されている。この時代にしてはみすぼらしいと言われかねないほど調度品は少ないが、床に置かれた巨大な青い花瓶《かびん》にはとびきり新鮮な花が山盛り生けられていた。

客人は若い女性だ。野鳥と植物が織りこまれた椅子にたおやかな手をかけ、窓から外を見つめている。

まるで密林の美しい鳥のようだな、とエリオットは思った。

アフリカを旅するのが趣味の親戚から送られてきた画には、まさに彼女のような鳥がいた。地味だが上質な外出用のマントの下に洒落《しゃれ》た紳士服仕立ての上着とバッスルドレスを隠し、椅子にかけた手にはこのうえなくぴったりした子山羊《こやぎ》革の手袋がはまっている。きりりとした出で立ちを和《なご》ませるボンネットは品のいい大きさで、晩秋らしい光沢の青と黒の幅広リボンで飾られていた。

こんなにしっかりした出で立ちのご令嬢が、約束なしでひとの家を訪問する。しかもたったひとりで独身男性の家を、となると、これはかなりの異常事態であった。社交界の口うるさい面々に知られたら、今後一カ月はあることないこと騒ぎ立てられてしまう。

テーブルに紅茶を置いたスティーブンスをとっとと追い払い、エリオットは客人に礼儀正しく声をかける。

「はじめまして、ですね、お嬢さん。僕は――」

「お噂《うわさ》はかねがね伺っております」

エリオットの言葉を遮《さえぎ》るように彼女は言い、沈鬱《ちんうつ》な瞳を彼に向けた。その態度にエリオットは少々面食らったが、すぐに慈愛をこめて目を細める。

「噂でとはいえ、あなたのような美しいお嬢さんと以前からお会いできていたことを心から嬉《うれ》しく思いますよ。ところで、噂の中の僕はどんな奴でした？　大叔父《おおおじ》の死で男爵位を継いだ幸運な若造？　戦争帰りの無作法もの？　もっと端的に、『遊び人』とか？　それとも――交霊会に目のない、度しがたいまでの心霊趣味の『幽霊男爵』？」

「どれも違います。幽霊がらみの、困りごとのご相談に乗っておられると聞きまして」

そう告げた後、彼女は唇を噛《か》んでじっとエリオットの瞳をのぞきこんだ。

釣られるように、エリオットも彼女の瞳を見つめた。

強くて弱い瞳だ、と思う。

目一杯強がって、意志の力だけでここまで来た者の瞳だ。

見ればまだ若い……二十歳《はたち》にもならない年ごろの、まさに「お嬢さん」だ。貴族の女性は、社交界デビューまで屋敷か寄宿学校で徹底的に外の社会から隔離されて育つのが普通の時代である。エリオットのような見るからに怪しげな男と相対するだけでも恐ろしいだろうに、この気丈さ。

彼女にはどうしても解決しなくてはならない問題があるのだ。

しかも、幽霊がらみの。

「まずはお座りください。紅茶をどうぞ、落ち着きます」

「それより先に、私の依頼を受けてくださるのかどうかの答えをください」

かたくなな女性を安心させようと、エリオットはすぐに答えた。

「もちろんお受けしますとも。僕は世間が言うようなただの心霊好きではありません。昨今は空前の心霊ブームです。ブームとなれば玉石混淆《ぎょくせきこんこう》、詐欺《さぎ》師を筆頭とした悪党どもも金の匂いに引き寄せられてやってくる。幸い、僕は金には困っていません。『見える』からこそ、心霊がらみの相談をお受けするのが使命だと思っています」

そう告げたエリオットの声は穏やかに澄んでおり、瞳はずっと女性のことを見ていた。そこには、不倫相手の貴婦人にはけして見せない真摯《しんし》な光があった。単純と言ってもいいくらいの、はっきりした誠意の色があった。

依頼者の女性はしばらく彼を見つめていたが、やがて、ほっと息を吐く。すかさず椅子を引いて彼女を座らせたのは、エリオットの影のように控えていたコニーだ。

依頼者はちらと彼を見やるが、エリオットが「助手です」と告げたことで警戒心を解いた様子だった。彼女はエリオットが席に着くのを待って切り出す。

「……とある交霊会でなくしたものを探してほしいのです」

「とある交霊会。と、いうのは？」

エリオットの問いに、女性はふっくらとした唇をきゅっと噛んだ。組み合わされた手に力が入り、右手の指が左手の指をなぞる。

「それ以上は何も申し上げられません。主催者も、出席者も、その場で何があったかも。……なくしたものが何であるかも、申し上げかねます。ただ、場所はご案内できます」

「……なるほど。『沈黙』、だ」

「はい？」

女性が少し怪訝《けげん》そうに顔を上げた。

エリオットはそれよりわずかに遅れて立ち上がると、両手を広げて告げる。

「出席者がことごとく沈黙を守る、まさにあなたが出た会こそが、『沈黙の交霊会』じゃないですか！　お嬢さん、あなたはこの哀れな男の恩人です、あなたのおっしゃる交霊会こそ、我々が今もっとも行きたいと望んでいた交霊会なんです。もちろん依頼はお受けいたします、これは僕の魂《たましい》をかけた仕事だ！　あなたがなくされたものは見つけてみせますよ、必ずです！」

◇

それから数日の後、夜も更《ふ》けたころ。

ロンドンの流行の中心地、ピカデリーは完全な闇《やみ》に沈むことがない。ぽつぽつと立ったガス灯は内蔵された機械式時計でもって、明け方までガスを燃やし続ける仕組みだ。

そんな明かりの間をガラガラと馬車が走る。耳障《ざわ》りな音を立てて横道へ入ると、人々の喧噪（けんそう）が聞こえてきた。劇場でたっぷり楽しんだ若者たちが、洒落たレストランやパブで夜更かしをしているのだ。

ぽつぽつと人影や馬車の姿もある道からさらに横道へと入り、闇の濃い一角でやっと馬車は止まった。御者が飛び降りて階段を降ろすと、まずは外套姿の紳士が降り立ち、次にボンネットを深くかぶった女性に手を貸す。

紳士がトップハットのふちに手をかけて辺りを見渡したとき、雲の間からぼうっと晩秋の満月が顔を出した。月光に照らされて白々と浮かび上がるのは、眼帯をした仮面めいた男の顔。外出用の黒い革眼帯をつけたエリオットだ。

「ここだな」

壁に刻まれた番地を確かめ、エリオットは婦人をエスコートしながら裏口の扉をステッキで叩く。ぱたん、と音を立てて扉の小窓が開いた。

「……誰に用だ？」

ぶっきらぼうな問いに、エリオットは目を細める。

「死んだ母親にだよ」

「……」

ひとを食ったような返事に相手は黙りこみ、小窓はさっと閉まってしまう。婦人は少し不安そうにエリオットを見上げるが、彼は薄い唇で笑った。

「僕を信じて」

婦人が答える前に、扉が薄く開いて路地に光がこぼれる。

「――どうぞ。失礼ですが、招待状を見せていただけますか」

顔を出したのは屈強な大男だった。真っ黒な三つ揃《ぞろ》えを着ているが、なんとなくサイズがぴったりきていない。舞踏会よりも場末のパブで拳闘《けんとう》勝負をした数のほうが多そうだ。

そんな男にじろじろ見られても小揺るぎもせず、エリオットは茶目っ気のある笑いを浮かべて唇の前に人差し指を立てた。

あらかじめ依頼人から聞き出しておいた、『沈黙』の符丁《ふちょう》だ。

「招待状はないんだ。だが、彼女が一度お伺いしたことがある。僕のことは『幽霊男爵』と紹介してくれれば、伯爵にはわかるだろう」

「さようですか。少々お待ちを」

大男は『彼女』と紹介された婦人に不躾な視線を投げた後、部屋の奥にかけられたカーテンの向こうへと消えていく。

その隙《すき》にエリオットは辺りを見渡した。ここは本来店の従業員たちが使う部屋なのだろう。目隠しに中国画風の花鳥が描かれたついたてが左右に置かれ、どこか異国風の香が漂っている。エリオットがひょいとついたての向こうを見れば、ずらり並んだコンロに使い古されたやかんがいくつも乗っかっていた。

「昼間はティールームをやっている店で間違いないな。A．B．Cショップの類だ。立地も申し分なし。埃《ほこり》かぶった屋敷に飽き飽きしている年若いお嬢さんたちは大喜びだろう。夜に間貸しまでしなくとも充分に儲《もう》かりそうだが」

ひとりごちるエリオットには、かけらも緊張した様子がない。婦人がどこか呆れた気配を漂わせているうちに、カーテンが引き開けられた。

「どうぞ」

「やあ、ありがとう。ここが霊界の入り口だね」

エリオットがにこやかに話しかけると、大男は素っ気なく言う。

「念のため、身体検査をお願いしております。事故があっては大変ですから」

「ああ！　確かに。ポルターガイストで拳銃が暴発でもしたらことだ、お願いするよ。せっかく残った片目を潰《つぶ》したくはないからね」

事もなげに返し、エリオットは男に身体検査をさせた。外套の下にまとった夜会服は彼の鍛えられた体にぴったりと寄り添い、銃を隠すところなどどこにもなさそうだ。

実際、大男は何も見つけられずにふたりをカーテンの向こうへと案内した。

薄暗い廊下の突き当たりまで行くと、勢いよく扉が開く。

「これはこれは、有名人のご登場ではないですか！　あなたは――」

いささか甲高《かんだか》い声で叫んだのは、ヴェネツィアのカルナヴァルを思わせる仮面で顔の上半分を隠した男だ。エリオットは薄い唇にたっぷりの笑みを含んで答える。

「最近ちまたでは『幽霊男爵』と呼ばれていると聞きました。あなたがモルダーノ伯爵？」

「ええ、わたしがモルダーノ伯爵です。しかし、『幽霊男爵』とは実に素晴らしい！　ここではそんな呼び名のほうがふさわしいでしょう。そうは思いませんか、お客さまがた」

伯爵が振り返ると、緊張した紳士淑女の笑い声がやけにこもって響いた。

エリオットは素早く室内へと視線を走らせた。

細長い部屋だ。明かりは円卓で燃える燭台《しょくだい》のみで、ひどく暗い。客たちはすでに卓を囲んで座っており、その異様なまでにつるりとした顔に蠟燭《ろうそく》の明かりが陰影をつけている。よくよく見れば、彼ら彼女らは残らず伯爵とよく似た仮面をかぶっているのだ。

円卓に座る人々は出迎えた男を入れて全部で六人。その中のひとり、扉から見て一番奥で中国風のついたてに三方を囲まれて座った女が霊媒《れいばい》だろう。

霊媒は国籍不明のエキゾチックな服装に未亡人風の真っ黒なヴェールをかぶり、客たちの前には水を入れたグラスが、霊媒の前にはピューター蓋《ぶた》のガラス瓶がふたつ、透明な水を湛えている。円卓の真ん中には霊からのメッセージを示すウィジャボードと、本物なのかどうなのか、黄ばんだ人間の頭蓋骨までが鎮座《ちんざ》していた。

依頼者の女性は、ここで行われた交霊会で何かを盗まれたのだ。

――一体、何を、どうやって？

「それにしても伯爵。実に素晴らしいですね。なんて沈鬱な雰囲気なんだ！」

とりあえずの観察を終えたエリオットが熱っぽく囁くと、紳士淑女たちの曖昧な笑いは消え去った。代わりに戸惑いが辺りを支配する。

一体何が素晴らしいんだ。彼はこの重苦しい空気に気づいていないとでもいうのだろうか。これからここで、誰にも言えないような、恐ろしいことが起こるんだぞ？

そんな無言の問いに対して、エリオットは雄弁に語り出した。

「いいですか、我々の間で行われる交霊会には、社交の一環のような側面があります。洒落た夕食のあとのちょっとした余興……それも素晴らしいですが、神秘と緊張感が足りない。心霊体験に最も必要なものはそれですよ。ここには、それがある！」

「ほう！　『幽霊男爵』にここまで褒めていただけるとは、わたしも鼻が高いですな。あなたは若い猟犬のような方と見える。さあ、あなたも仮面をどうぞ」

モルダーノ伯爵はいささかぎこちなく笑って仮面を差し出す。彼もエリオットの真意が読めないのだろう。エリオットは仮面を受け取ると、輝く瞳を伯爵に向けた。

「ありがたい。この仮面のアイディアはあなたが？」

「ええ。神秘を感じる会にはもってこいでしょう？」

モルダーノ伯爵は言い、エリオットの連れの女性にも仮面を渡す。

婦人はなるべく顔を見せないよう、うつむいて仮面をつけた。その横顔にじっと伯爵の視線が注がれているのに気づき、エリオットはさりげなく声を張った。

「最高ですよ！　僕は以前インドにいたのですが、そこで東インド奥地の話を聞いたことがあるんです。その地では、仮面をかぶった者は、ひとでなくなるのだとか」

「ひとでなくなる？　では、何になるのです？」

少し戸惑ったように首をひねる伯爵に、エリオットはたたみかける。

「死者や、森の精霊の化身となるのだそうです。ならば我々も、仮面をつけて死者に近い存在になるのかもしれない。そうしてこれから呼び出す死者とすれ違い、その衣擦《きぬず》れと肌触りを感じるのかも……」

屈託のない口調で語られた話も、この状況下ではいささかおぞましく響く。客たちはかすかにざわめき出し、モルダーノ伯爵は一度唇を引き締めてから、うっすらと笑う。

「素晴らしい……実に、素晴らしい。あなたは交霊の一番大事なところを理解していらっしゃる。そうです。多くの交霊会は霊と『通信する』もの。言ってみれば電信の霊感版です。ですが彼女はこの空間を、死者の国と繋《つな》げる力を持っているのです！」

彼女、という言葉に、皆が霊媒のほうを見る。緊張でぎらついた視線を集めても、彼女は微動だにしなかった。代わりに伯爵が朗々《ろうろう》と続ける。

「我々は死者を装い、死者の世界に自ら一歩踏みこむ。そうでなくて、本当に死者と語ることなどできますか？　さあ、男爵とお連れさまはこちらへどうぞ。交霊会では男女が同じ数ずつ、交互に座るのが決まりです。次にお隣の方と手を繋いでください。霊媒の力を受け取るためです」

喋《しゃべ》りながらてきぱきと席を増やし、伯爵自身は霊媒の隣に座った。エリオットと連れの女性が案内されたのは霊媒の正面にあたる位置だ。

エリオットがさりげなく霊媒と伯爵の手の繋ぎ方をチェックしていると、ふいにモルダー ノ伯爵はエリオットの顔をのぞきこんでくる。

「……さて、幽霊男爵。門番から伝え聞いておりますが、あなたは亡くなったお母さまに会いたくて、ここに来られたそうですね？」

「ええ。幼いころに亡くなったんです。あれは悲しいでき事でした」

エリオットは、目の前にちらとあのときの青がよぎるのを感じた。

あのとき。あの、最後の航海で見た空と、海。

やけに輝いていたサファイアみたいな波。笑う母親。笑う。――笑う。

連れの婦人が心配そうにエリオットをうかがい、すぐに視線を落とす。

そんなふたりをじっと見つめて、伯爵は囁いた。

「わたしも当時、新聞で拝見しました。お母さまだけではない、お父さまも……ふたりのお兄さまも、一緒に亡くなったという話ではありませんでしたか？」

「……そうです」

「あなたのお父さまは元軍人の海洋冒険家。本来爵位を継ぐ立場ではなかったために、実に自由に生きておられた。そうして彼はあなたが十歳になったとき、念願の家族全員での冒険航海に出られたのでしたね？　航海は幸せなものになるはずだった。だが残酷なことに――古風な帆船《はんせん》は嵐に遭い、流れ、流れて、あなた以外の全員が亡くなってしまった」

「…………」

唇を軽く噛んで、エリオットがうつむく。

『死者との航海』『幽霊船の帰還』『今世紀最大の悲劇!!』

新聞に躍《おど》ったセンセーショナルな見出し。病院に押しかける見知らぬひとびと。

エリオットはすべてを覚えている。

あのころにあった、すべてを。

モルダーノ伯爵以外は初耳の面々も多かったのだろう。いきなり明らかにされたエリオットの不幸に戸惑い、固唾《かたず》を呑《の》む気配が伝わってくる。

その様子をどこかぎらつく目で見つめながら、伯爵は続ける。

「死者に囲まれて航海すること数十日。最終的にあなただけが救助されました。若かったせいでしょうか、奇跡的に健康体だったと聞きます。この話は当時ヨーロッパ中の新聞を賑わせた。記事を読んだわたしは、生き残った少年を心から心配したのですよ。彼はひどく心を痛めているに違いない、そう思ったのを覚えています。おそらくは、今も……？」

エリオットは細く長く息を吐いたのち、頼りない声音《こわね》で語り出した。

「お恥ずかしい話ですが、そのとおりです。僕が交霊会に出るのは、好事家《こうずか》だからじゃない。心霊現象が好きなわけでもない。……家族に、もう一度、会いたいんだ。僕には、失ったものが多すぎる。自分が生きているのか死んでいるのかすら曖昧な気分になるほど、死に近いところにいる。十歳だ。充分に分別はあった。まだ、覚えている。忘れられないんだ。はっきりと、昨日のことのように覚えている、あの航海のことを……」

「――あなたのお母さまを呼びます」

不意に口を開いたのは霊媒だった。かすれてはいるが、美しい声だ。

皆が彼女を見つめる。霊媒は静かに、エリオットのほうへ顔を向けた。

「あなたが今日、ここに来たのは、運命です。わたしはあなたのようなひとを救うために、霊媒をして世界中を巡っているのです」

「本当ですか？　僕は今度こそ、本当に母に会えますか？」

わずかに髪を乱して勢いこむエリオットに、霊媒は深くうなずく。客の婦人たちの中には、すでに感極まってハンカチで目尻を押さえる者までいた。

モルダーノ伯爵もまた、我が意を得たりと重々しくうなずく。

「素晴らしい話です。予定変更となりますが、皆さまそれでよいでしょうか？」

異議なし、是非、とばらばらと声が上がり、霊媒の指示で席替えが行われた。

エリオットは霊媒の左隣。右隣は伯爵。伯爵のもう一方の隣は、エリオットの連れの女性。この配置なら、エリオットと連れの女性が霊媒と伯爵をある程度監視できる。

インチキをやるつもりなら、避けたいはずの配置に思えた。

ならば、本気なのか。

本当に、霊媒はこの部屋を霊界と繋げられるのか。

顔をうかがっても、ヴェールの向こうに隠された霊媒の顔は輪郭《りんかく》すらも曖昧だ。霊媒の小さな手が伸び、力強くエリオットの手を握る。見下ろすと、綺麗《きれい》に爪を伸ばしているのが蠟燭の明かりに浮かび上がった。大ぶりの石のついた古い指輪をしている。

石の色は、青。

母の目の色だ、とエリオットは思う。

すすり泣きすら聞こえる中、霊媒はゆったりと語り出した。

「さあ、皆さん目をつむって。死者の国へ踏みこみましょう。握った手を、けして放してはいけません。もうすぐ、霊界の香りが漂い始めます。死の瞬間に嗅《か》ぐ、えもいわれぬ匂いが――」

言葉が途切れたのち、霊媒は「うー」とも「んー」ともつかない低い声でうなり始める。異国の読経《どきょう》にも似たその声は、高く、低く暗い室内に満ち満ちて、異様な雰囲気を醸《かも》し出し始めた。まるで室温が人肌に温まっていくような感覚。そこへ確かに、奇妙な香りが混じり始める。鼻につんとくるような、しかしどこか甘く、素朴《そぼく》で、懐かしいような。

目を閉じたまま、エリオットはつぶやいた。

「どこかで、嗅いだにおいだ」

「お母さまのことを思い出してください」

霊媒がごく近い位置で囁くと、奇妙な香りがより強く感じられ、ふわりと足下が浮き上がるような感覚がある。それこそ、自分がこの世のくびきから解き放たれるような感覚。

これが、霊界に近づいているということなんだろうか。

エリオットは仮面の奥でゆっくりと囁く。

「美しいひとでした。そして、陽気だった。あの日のドレスは黄色。そして……」

そのとき不意に、何か重いものが床に落ちる鈍い音がした。

参加者の婦人たちがか細い悲鳴を上げ、薄目を開ける。

そこへ、突き刺すような霊媒の声が飛んだ。

「霊が現れた!!　ご覧なさい、これがその証拠です!!」

証拠、と言われてエリオットも目を開く。

部屋は相変わらずひどく薄暗い。何度か瞬《まばた》きながらぐるりと見渡しても、さっきと変わったところはないように見える。カーテンにもついたてにも異常なし。円卓上のウィジャボードにも、おのおのの前のグラスにも。ひとつひとつ見ていったエリオットの目が、一点で止まる。ウィジャボードの横にあったはずの、骸骨《がいこつ》がない。

そして。

見計らったかのように、霊媒が厳《おごそ》かに告げた。

「そう。……聖水の色が、変わりました」

聖水。それは、霊媒の前にあった二本のピューター蓋のガラス瓶の中身だろう。

二本とも透明だったそれが、確かに、一本だけ真っ赤に染まっている。

「きゃあ!!」

客の婦人のひとりが悲鳴を上げ、他の客たちも息を呑んだ。エリオットは瓶を見つめたまま動かない。霊媒は続ける。

「これは、あなたのお母さまが死に際に見た色です」

「僕の母が……死に際に」

エリオットがやけにゆっくりと繰り返す。霊媒は深くうなずいた。

「そう。あなたのお母さまは……痛い……痛い、痛いわ、痛いの、エリオット……」

自信たっぷりに話し始めた霊媒の声は、途中から苦痛にゆがみ始め、妙に色っぽくエリオットの名を呼んだ。

エリオットはのろのろと視線を動かして彼女の顔を見る。霊媒はヴェールの奥に表情を隠したまま息を荒くする。豊かな胸を突き出し、喉《のど》を震わせ、椅子に座ったまま全身をくねらせる。まるで、甲板《かんぱん》に釣り上げられてしまった魚のように。

「痛いわ、痛い、痛い……ねえ、どうして。どうしてこんなことになってしまったの。どうして、こんな、ああ……こっちへ来て、ねえ、私を、助けて……」

苦痛を訴える女の姿が、エリオットの視界の中で大いにブレる。そのまま何もかもが二重写し、三重写しになっていく。焦げ臭い香りが辺りを支配している。その奥に香る甘さは、血の臭いなのだろうか。視界の端で、瓶の中に入った赤がにじんでいく。

「何が、痛いんですか」

エリオットは囁く。自分の声が酷くかすれるのがわかる。無性に喉が渇いた。まるで遭難者のように、喉が、渇いた。

霊媒のヴェールが揺れる。その奥で、赤い唇がうごめいている。赤い、赤い、唇。

「それは、あなたが」

「それは、僕が？」

問うたエリオットの耳元に、赤い唇が言葉を落とす。


「死んだ私を、食べたから、よ」


その瞬間、エリオットの脳裏にはでかでかと新聞の見出しがよぎった。

『奇跡の生還!!　少年は、家族の肉を食って生き延びた!!』

「ああ……」

甘やかな息がエリオットの唇からこぼれる。

こつん、と足に何かが触れた。緩やかに視線を降ろす。

円卓の下で、エリオットの靴に頭蓋骨が寄り添っているのが、見えた。頭蓋骨の眼窩《がんか》の虚《うつ》ろが、こちらを見ている。

笑う。笑う。誰かが、笑う。

「私の、エリオット」

誰かがそう言って、誰かが、言って、顔を……その顔を、輪郭のおぼろげな顔を、近づけて、二重写しの顔で、ゆがんだ唇で、唇が、近づいてくる。赤い唇。赤い。血の色。あれは、血だ。母の。違う。誰の？

「ゆるして、と言って。私の、小さな紳士さん」

吐息がかかる位置で唇が囁く。

その、直後。

「口づけてはだめ!!」

鋭い女の声が響き、エリオットはがくんと体が落ちるのを感じた。

座っていた椅子が、強い力で後ろへ引かれたのだ。

そのまま転げそうになったが、すんでのところで床に膝《ひざ》をつく。客のどよめきの中、エリオットは椅子を引いた人物を探して振り向いた。

視線の先でたたずんでいたのは、目の覚めるような紫色のイブニングドレスをまとった女性だ。重い椅子の背を摑んで床から四インチほど浮かせたまま、怒りとも恐怖ともつかない感情に身を震わせている。彼女の顔には仮面がない。

その思い詰めた顔は、エリオットにこの交霊会の調査を依頼した女性のものだった。

「こんな……こんな、にも、辛い過去を、餌《えさ》にするなんて……」

刻むように囁くと、彼女は腕の一振りで椅子を部屋の隅《すみ》に放り投げる。椅子が窓にぶち当たったのだろう、ガラスの割れるけたたましい音が立ち、よどんでいた部屋の空気がぞろりと動く。同時に、円卓を囲んでいた人々が徐々に我に返り始めた。

「なんだ!?　なんの音だ？」

「まさか、ポ、ポルターガイストか……？」

エリオットは依頼者の女性に何か告げようとして、不意に朗《ほが》らかな笑い声を上げた。

「は……は、はははははは!!　いや、失礼。ありがとうございます、お嬢さん。助かりました。ですが心配無用ですよ。この交霊会がインチキなのは、最初からわかりきったことなんですから！」

彼は語りながら立ち上がり、仮面を投げ捨てて両手を広げた。

「いやはや、これはとんだ泥棒ショーだ！　爵位を継いでからこちら、出られる限りの交霊会に出てきた僕が見たところ、『間違いなく本物の心霊現象』と断言できた会は皆無です。その中でもこの会は最低な部類ですよ、皆さん」

いきなりの告発に、客たちは戸惑いを隠せない。しかしエリオットのよく通る声と自信たっぷりの所作には、聞かずにはいられない魅力のようなものがあった。

彼は続ける。

「この仮面に神秘的な意味などありません。彼らにとっては、参加者の視野を狭くしてくれればそれでいいのです。蠟燭も暗がりを作り、他の炎の臭いを隠すためのもの。どれもインチキ隠しです。インチキな会では主催者と霊媒がグルになって心霊現象をねつ造しますが、この会もおふたりは隣り合って座っていますね？　となると互いに繋いだ片手はいつでも放せる。自由になった手で盗みを働き、霊媒のヴェールや異国風の衣装に隠すなり、背後のついたての裏に放りこむなりで荒稼ぎ！　さらに卓上の髑髏《どくろ》を摑んで客の足下に転がせば、脅しにもなる！」

エリオットの言葉に、客たちの動揺もますます深まる。

彼らはためらいがちに繋いでいた手を放し、おびえた目で周囲を見渡した。

そんな客たちの中に、紫のイブニングドレスを着た依頼者の女性の姿はなかった。彼女はさっきからエリオットの傍らで、かすかに震えて立ち尽くしている。

不思議なことに、エリオット以外の誰も彼女のことは気にしていない。ただ椅子が投げ飛ばされた音と、エリオットの話に驚いているようだ。

と、よたよたと立ち上がった客の女性が大いによろめき、新たな悲鳴を上げた。

「ねえ、どういうこと？　足が、足が、私の足が、動かない……!!」

「失礼、もう効いてきましたか。どなたか僕と一緒に窓を開けてください。麻薬の類を焚《た》かれたのです。確かインドで嗅いだことがある。体重の軽い女性のほうからやられます。さあ、早く！」

エリオットが叫び、カーテンを引き開けて窓の鍵にとりつく。他の紳士たちが戸惑いつつもあとに続こうとしたところへ、モルダーノ伯爵が叫んだ。

「やめなさい!!　そんなことをしたら、死者の国から帰れなくなりますよ！」

「そのとおりです。軽々しく手を放してはいけない。幽霊男爵、もう一度この水をご覧なさい。ここはまだ霊界と入り交じっています。男爵のお母さまは、ここにいるのですよ」

霊媒の独特なかすれ声を背後に聞き、エリオットは振り向いた。

開け放たれた窓からどっと風が吹き、エリオットの髪を乱す。

その瞬間、彼の笑みがいっさいの明るさをなくしたのを、霊媒は見たのかどうか。

「母はこんなところにはいないよ。僕には全部、見えている」

エリオットは人差し指でまっすぐに霊媒を指し、その指をガラス瓶へ落とした。

「その瓶の中身はただの水だ。君の常套《じょうとう》手段なんだろう。霊を呼ぶふりをしながら麻薬を焚き、ひとを朦朧《もうろう》とさせて、呼び出したい霊に関する話を聞き出す。そうして話の内容から、ふたつの瓶のどちらかの色を変えてみせる。凄惨《せいさん》な死の場合は赤に。そうでないときはもう片方の瓶で違う色に」

ほとんど一息に語られる真実に、モルダーノ伯爵は明らかに顔色を変えた。

霊媒のほうはまだ態度を崩さずに、厳かに首を横に振ってみせる。

「……哀れな話です。あなたは認めたくないのですね？　自分の、罪を」

「罪というのがさっきの人肉食の話だというのなら、残念ながら外れだな。あれは三流新聞が書き立てた真っ赤な嘘《うそ》さ。君たちは商売柄、僕の過去には詳しかった。何せ世界的に有名な遭難事故だからね。だけど真実は違う。母が最後に見たのはひたすらに美しい青空だ。悔しいだろうが、君は勝率五割の賭けに負けたんだ。僕の推理では、そっちの瓶には水が青になる仕掛けがあるはずだから。……試してみるかい？」

エリオットに指摘された瞬間、霊媒はチッと鋭い舌打ちをしてピューター蓋のガラス瓶を卓上から摑み取ろうとする。が、その手は空を切った。

「何⁉」

わずかに野太くなった声で霊媒が叫ぶ。

霊媒よりわずかに早く、上質な手袋をした小さな手が瓶を奪っていったのだ。その手は瓶を素早く振る。振っているうちに瓶の中身は濁り、あっという間に真っ青になった。

「蓋の裏に絵の具をつけておくだけの簡単すぎるトリックです。サーカスじゃ、前座にもならない。手慰《てなぐさ》みのテーブルマジック」

瓶を手に淡々と言ったのは、エリオットの連れの女性だ。

エリオットは普段の笑みを取り戻し、乾いた拍手の音を立てた。

「さすがだ、奇術師コニー！　僕の助手」

「くそっ……!!」

霊媒はついに口の中で悪態を吐き、円卓を突き放して扉のほうへと駆け出す。エリオットはすぐに指示を飛ばした。

「コニー、『彼』を取り押さえなさい」

「はい、エリオットさま」

澄んだ声で答え、エリオットの連れの女性、いや、幽霊男爵の助手であるコニーは、猫のようなばねを利かせて霊媒に飛びかかった。

霊媒は一度は避けたが、コニーはドレス姿にもかかわらず的確に相手の死角へと滑りこむ。霊媒の腕を取って関節技を決め、瞬《また》く間に床へ這《は》いつくばらせた。

「てめぇ……!! 呪われるぞ、むしろ呪ってやる、ただですむと思うなよ!!」

霊媒の叫びはあっという間に柄が悪く、野太いものへと変わる。

「好きにしてください。どうせ僕には効きません」

ずれたボンネットの端からくるくるの金髪をこぼしつつ、コニーが感情のない声でつぶやく。同時に、ばたん!! と扉が鳴った。続いて、誰かが駆け去っていく足音。

客の紳士のひとりが扉を指さし、戸惑いつつ叫ぶ。

「お、おい! 君、伯爵が……モルダーノ伯爵が逃げたぞ……!」

「そのようですね。もっとも、僕に様々な美術品を融通してくれるイタリアの知り合い曰《いわ》く、該当《がいとう》する人物はイタリアにいないそうです。僕の想像では、彼はアメリカ辺りの興行師じゃないかと思っているんですが……当たっているかい?」

エリオットは言い、霊媒の眼前に膝をついてヴェールをめくった。

途端に野良犬のような視線が突き刺してくるのを感じつつ、エリオットは微笑む。

「うん、やっぱりだ。君の顔は新聞で見たことがある。アメリカの霊媒ショーで荒稼ぎしていたジョー・グッドマン。男性だ」

なめらかに告げられる真相に、徐々に回復してきた客たちがざわめいた。

ジョーと呼ばれた女、いや、女装した青年は、吐き捨てるように言う。

「……で？　だったらどうだってんだ？　オレは男だけど本物の霊媒だぜ。この格好も、ちょっとした手品も、麻薬だって、あんたらが見たいもんを見れるようにわざわざ用意してやった演出だよ。これでオレを一体どんな罪に問えるっていうんだ？　え？」

「そうだね。まずは、盗み」

エリオットは言い、自分のポケットから目が覚めるような青いサファイアの指輪を取り出す。ジョーはぎょっとして自分の手を見た。そこにはまっていたはずの指輪が、ない。

「てめえ、いつの間に!!」

「君ができることは僕にもできる。薄暗い部屋で手を握った相手の指から指輪を抜き取るのは、実に簡単だったよ。特に、君が熱演しているときにはね。――すべてをエキゾチックに演出しているわりには古風な指輪だなと思ったんだ。台の形も古い。誰かの形見として受け継がれたものじゃないのか、と考えたときにピンときた。盗品だ、とね」

そこまで語ってから、エリオットはそっと依頼者の女性に視線を投げた。

彼女は薄闇の中にたたずみ、ドレスを摑んで必死に耐える表情をしている。その瞳に涙が盛り上がっているのが、エリオットの推理が当たっていることを証明していた。

エリオットは少しばかりの悲しみを己の表情に交ぜ、ジョーに視線を戻す。

「……この会はそもそも、盗みのために開かれた会だ。麻薬を焚いて、朦朧とした人々から金目の物を奪う。あの水の仕掛けに仕込まれている、赤以外の色は青だろうと想像したのもその石からだ。君はこの指輪を盗んだときも、『あなたのご親族が見えます。彼女は形見の指輪を見つめて亡くなった……』とかなんとか言って、水を青く染めてみせたんじゃないのかな？」

「知るか！　そんなもんはこじつけだよ。証拠がなけりゃあ、ただの妄想だろうが!!」

「確かに、これは僕の妄想だ。ついでに『沈黙の交霊会』の『沈黙』の理由も想像したから、ひとつ聞いてみてくれるかい？　麻薬を焚いて煽《あお》られた来客たちは、きっと羽目を外したんじゃないか？　まさか、君のことを男とも思っていなかっただろうし？」

　それを聞くと、ジョーは先ほどまでとは一転、急に調子外れの笑い声を上げ始めた。

「あ……は、あは、は、は、あはははは！　なんだよぉ、そこまでわかってるんなら話は早い。『沈黙』だよ、男爵さん！　みんなそうやって沈黙を守るんだ、黙ってりゃあどんな悪事もバレやしない。このままオレを警察に突き出してみろ。オレは牢屋《ろうや》に入っても、オレの持ってる情報をうまーく使う。そういうやり方を知ってるんだ。オレを告発した奴は、本気の悪夢を見ることになる。幽霊よりも恐ろしい悪夢をな！」

「ほう、幽霊よりも恐ろしいのか」

エリオットが唇だけを動かしてつぶやく。ジョーはにやにやと続けた。

「そうだとも！　あー、そういや……この指輪の持ち主を思い出したかもしれないな。野暮《やぼ》ったい気弱そうな女だったが、肌は吸い付くみたいに綺麗だったっけ。そいつ、一週間くらい前にロンドン港の泥に身を投げたんだ」

――身を投げた。

その言葉に、依頼人の女性の肩がびくりと震える。

ジョーは気にせず続けた。

「結婚直前のお嬢さんだったから、この指輪は婚約の贈り物だったのかもしれねえなあ。そんなときに死ぬなんて、何か思い詰めたのかねえ？　遊び人だったって婚約者にバレたとか？　どれだけ信頼できる相手に連れられてたからって、夜遊びはいけねえよなあ、夜遊びは。あんたも、死んだ女の名誉にさらに泥を塗ったくるのは勘弁してやれよ！」

依頼人の女性の震えは、全身に伝播《でんぱ》していく。

エリオットは振り返らずとも彼女の様子がわかった。彼女の苦しみも、わかった。正確にはわかりたかった、のかもしれない。結婚を控えて、希望と不安に満ち満ちた世間知らずのお嬢さまが、信頼できるはずの男に連れられてこんなところに来てしまった。

そして、女だとばかり思っていた霊媒の毒牙にかかったのか。

どす黒い想像にエリオットの胸が染まりきったとき、急に扉が外から蹴り開けられた。

「うちの霊媒を放せ!! 痛い目に遭いたくなきゃあ放すんだ!!」

モルダーノ伯爵のうわずった叫びが薄暗い部屋に響き、固唾を呑んでいた客たちが悲鳴を上げる。見れば、伯爵は裏口にいたようなチンピラをやまほど連れて戻ってきたのだ。

それを見たジョーが、コニーにねじ伏せられたままげらげら笑う。

「勝負あったなあ! 男爵さまはオレが生まれついたところがどんな地獄《じごく》か想像もつかねえだろ。オレがどん底から這い上がるまでに、オレの仲間は何人も何人も死んだ! だけどだーれも化けて出やしねえ。だからオレは知ってるんだ、幽霊なんてものはいねえんだ! 生きている間にいい目を見る、それしかねえんだよ、人間には!!」

「……そうか、ならば、見せてあげよう。祭りの夜の始まりだ」

エリオットは場違いなほど静かに言って、ぱちんと指を鳴らした。

彼の宣言とほとんど同時に、うつむいていた依頼人の女性が顔を上げる。

同時に、彼女の周囲で無数の幽霊たちが顔を上げる。

男が。女が。老人が。子どもが。

皆いっせいに顔を上げた。

エリオットには見える。

まさに老若男女《ろうにゃくなんにょ》、様々な容姿の幽霊が、みっしりとこの部屋に詰まっているのが。

年代も服装もばらばらな幽霊たちの唯一の共通点は、じっとジョーと伯爵を見つめていること。

「馬鹿《ばか》野郎、オレが、今さらそんなハッタリ、に……ひ、ひえっ!?」

そこまで言ったところで、ジョーの声は間の抜けた悲鳴に変わった。

彼の眼前で、重たい円卓がふうわりと宙に浮いたのである。

「き……き、ぃ、ゃあああああああ!!」

客の女性のひとりが、まさにつんざくような悲鳴を上げる。恐怖はあっという間に室内に充満した。女たちは床へへたりこみ、男たちは今さら十字を切り、出口に殺到してチンピラたちと醜《みにく》い口論を繰り広げる。

「おお、神よ、お許しください、神よ……」

「やめて、嫌、こんなところにはいられない、出して、出してぇ!!」

「聞こえる、聞こえる、幽霊の声が！　助けてくれ、もう駄目だ!!」

さすがのジョーも、この状況には真っ青になった。ふわふわと宙に浮く円卓を見つめ、たどたどしく怒鳴る。

「ほ、本物の……ポルターガイスト……まさか……？　どんなトリック使いやがった!?」

「おい、とにかくここはやばい！　早くジョーを放せ、このガキ!!」

伯爵は凄《すさ》まじい形相でコニーに捕まったジョーに駆け寄ってきた。

コニーはあくまで冷静なまま、勢いよく自分のドレスの裾を跳ね上げる。惜しげなくさらされるペチコートに、伯爵が一瞬ぎょっとした。その隙に、コニーは空いた手で足につるした拳銃を抜く。

「エリオットさまの邪魔はさせません」

本日はお茶はありません、と同じ調子で言い、コニーは銃を伯爵に向ける。

ひぇっ、と息を呑んで固まった伯爵とジョーに向かい、エリオットは肩をすくめた。

「トリックも何も。君たち、それだけ悪事を重ねて、死者の恨みを買っていないとでも思ったのかい？　化けて出るのは友達だけだと？　能天気だな。ねえ？」

エリオットが問いかけると、円卓を持ち上げた幽霊たちはげらげらと声を上げて笑い出した。その中にはいつの間にやら、依頼者の女性の幽霊も交じっている。

エリオットは彼女に向かって慈悲深くうなずき、高らかに叫ぶ。

「さあ、お集まりの皆さん、どうぞ、お心のままに踊ってください！　これからここで起こることは、誰も、何ひとつ、口にすることはないでしょう。なにしろこれは、沈黙の交霊会なのですから!!」

「……そもそもあの場所自体、ちょっと怪しげな噂があったんです。大人の恋のために部屋を貸すような、ね。あなたから場所を聞いたとき、これは、と思って事前に警官隊を配備しておいてもらって正解でした」

◇

エリオットはのんびりと言いながら石造りの橋を渡っていった。

その腕には依頼者の女性の幽霊が、そっと手を添えている。

とうに日付は変わっているが、夜明けまではまだ時間がある早朝だ。真っ黒な川面《かわも》にはオートミールのような濃い霧がわだかまり、何もかもがじっとりと湿っていて曖昧だった。ガス灯の明かりがぼんやりとした光球になって川縁《かわべり》を縁取っているのを眺め、エリオットと依頼者の女性は橋の中程で立ち止まった。

「そうでしたの。……私、本当に、何も知らなかったんですね」

ロンドン港の方角を見つめて、彼女はぽつりと言う。

エリオットは、そうですね、とも、あなたの責任ではありません、とも、言いたくなかった。切れ長の目を伏せ、エリオットは自分の腕に置かれた依頼人の手を見る。このうえなくぴったりとした子山羊革の手袋の上に、あの青い指輪がきらめいていた。

エリオットの目には、死者は生者とほとんど見分けがつかない。

あえて言うなら、死者は少しばかり存在感が曖昧だ。服装の細部がたまにちらつき、さっきまでなかったアクセサリーが出現したり、レースのひだが減ったりする。死者同士で重なり合っていることもあるし、生きた人間や建物をすり抜けもする。

依頼者の女性の出で立ちもしばしば細部が変わったが、青い指輪だけは確固たる姿を保っていた。

しばしたたずんだのち、女性はエリオットを見上げて気丈な調子で言う。

「無理な願いをかなえてくださって、本当にありがとうございます。私自身の愚《おろ》かさゆえなのに、赤の他人のあなたを危ない目に遭わせてしまいました。……あってはならないことだわ。具体的に私が何を奪われたのかすら、お伝えできなかったのに」

「あなたが奪われたのは、形見の指輪です。それだけですよ」

さらりとエリオットが言うと、女性はわずかに瞳を潤ませた。

そんな彼女から目をそらし、エリオットはまたゆっくりと歩き出す。

「それにしてもありがたい依頼でした。僕はああいうインチキ霊能者の類がどうしても我慢ならないんです。インチキ潰しの依頼はいくらでも受けていきたい。幽霊の方々にも知られているなら、これからも依頼が増えるかな？」

心から楽しそうに言うエリオットに、女性は軽く鼻を拭いてから答える。

「『人間に復讐《ふくしゅう》したいなら、あいつのところへ』と囁く方たちがいらっしゃったんです。インチキ霊能者がらみばかりかはわかりませんが、依頼は来ると思いますわ。……でも、危険です。本当に危険すぎます、こんなことは」

「おや、僕を心配してくださるんですか。大丈夫、何があっても最悪、死ぬだけですよ。退屈な生活を送るよりは大分いい」

軽やかに笑うエリオットを、女性は少し心配げな瞳で見上げる。

「生きている方がそんなふうにおっしゃらないで。亡くなったご家族も私と同じ気持ちだと思います。あなたには、元気に暮らしていてほしいはずですわ」

「それを言われると弱いですね。実際彼らはそう思っているはずですよ。なにせ、航海の途中で自分たちが伝染病にかかっているのに気づいた途端、僕を隔離して自分たちは海に身を投げたようなひとたちですから」

けろりとそんなことを言われ、女性は何度か瞬いた。

「海に、自ら？　……あなただけを残して……？」

信じられない、というように繰り返す女性に、エリオットは優しく笑いかける。

「信じられないかもしれませんが、本当です。あの船上に悲劇はありましたが、インチキ霊能者や三流新聞の期待するような惨劇はなにひとつなかったんです。あそこにあったのは、青い空と、青い海と、僕を助けようとしてくれた優しい幽霊だけです」

「まあ……じゃあ、あなたは、そのころから幽霊が見えたんですね」

女性の目がまん丸になるのを見下ろして、エリオットはいたずらっぽく声を潜めた。

「そのときから見えるようになったんです。死んだ家族と船員たちは、みんな生きているふりをしながら、僕がひとりで生き抜けるよう上手《うま》く誘導してくれました。僕はあまりに自然に幽霊を見る力に目覚めましたから、彼らが死んでいるなんて最後の最後まで気づかなかった。いい航海でした。いつも誰かがどこかで朗らかに笑っていて」

「……そうなんですの」

嚙みしめるようにつぶやき、女性はしばし黙りこんだ。

静かに足を運んでいると、しんとした寒さが体の芯《しん》まで染み入ってくる。

もうすぐ冬が来るのだ。陰鬱なロンドンの冬。

エリオットはあの航海の終わりを思い出していた。鮮やかな青い冒険の世界から、灰色の港に帰ってきたときのことを。あのとき押し寄せてきた灰色の人々は、皆エリオットに同情したふりをして嘆《なげ》き悲しみ、エリオットが嘆いていないのを知ると彼を病院に連れて行った。エリオットを踏みにじったのは死者ではなく、いつだって生者たちだ。

「あなたが死んだ者に親切な理由がわかった気がします。でも……」

「でも？」

エリオットが何の気なしに問い返すと、女性の瞳はどこか熱っぽく見えた。

「でも、やはり、私はあなたに死ぬ前にお会いしたかった。体を失って以来、私には色が見えないのです。私は……できるなら、この目であなたの瞳の色を知りたかった。……こんなことを言うのは、はしたないでしょうか？」

囁きもまた熱くなっていくのを感じ、エリオットはわずかに目を細める。

そして不意に彼女の細い腰を抱いた。

きゃっ、という悲鳴が上がるのも気にせず、鍛えられた腕で力強く抱き寄せる。薄く高い鼻が女性の鼻に触れる寸前まで近づき、エリオットは甘く告げた。

「そんなことを気にされるのは最初だけです。この哀れな男の働きに甘美な唇のお礼をくださるのなら、瞳の色などいくらでも教えて差し上げましょう――」

図々《ずうずう》しく近づいてくる唇に、女性の目はますます丸くなった。

今にも生者と死者の唇が触れそうになった瞬間、エリオットの頭に、こつん！　と何かが当たる。

おや、とエリオットがずれたトップハットを押さえながら見やると、足下に例の青い指輪が落ちて転がった。どうやらポルターガイストでもって小突かれたらしい。

小突いた本人であろう女性は、と見ると、もうどこにも姿は見えなかった。

「ふむ、逃げられたか」

「……追い払った、の間違いでは？」

呆れたような声にエリオットが振り返ると、女装のままのコニーが礼儀正しい距離を置いて立っている。エリオットは彼を手招きしながら指輪を拾った。

「まさか。僕はいつだって本気だよ。さ、あとは彼女の墓を探し出して、指輪を供えて我々で葬儀のまねごとでもしようじゃないか。幽霊というのは真っ当に葬儀を行われなかった人間がなるものだからね。僕の家族も葬儀の後はあっさり去った」

「じゃあ執事さんは？　なんであの方だけきちんと葬儀をなさらなかったんですか？」

コニーが言うのは、エリオットの屋敷にいる老執事ジェームズのことだろう。

当然ながら一家に執事がふたりもいるわけはなく、ジェームズはエリオットの家族と共に冒険航海で死亡した幽霊なのだ。

エリオットは拾った小枝をくるくると手の中で回しながら、上機嫌で言う。

「彼は僕が結婚するまでは僕のそばにいると誓っているから仕方ない。僕が死んだら一緒に死者の国へ連れて行くよ」

コニーは眉間《みけん》に少しだけ皺《しわ》を寄せた。

「その前に真っ当に生きた方と結婚なさってください。拾われた僕が言うことじゃないのは重々承知ですが、旦那さまは僕や幽霊の面倒ばかりみて、ちっとも自分の面倒をみておられない。あげくのはてに口説く相手は既婚者や幽霊ばかりじゃ、立派な紳士と言えないのでは？」

少年ならではのはっきりとした物言いに、エリオットはいかにもすがすがしい顔で笑った。彼は指輪をそっと握りこむと、トップハットを直して美しく微笑む。

「手厳しいな。確かに僕は立派な紳士とは言えないが、この世にひとりくらいは『幽霊の間男』ができる人間がいてもいいとは思わないかい？」

そう言い放った彼の姿はとびきり麗《うるわ》しく闇に映える。今にも周囲に潜む幽霊たちの拍手が聞こえてきそうだ。

コニーはそんな彼をうっとり見つめている自分に気づき、深いため息を吐いて言った。

「……エリオットさまは本当に、困ったお方です」

2 ミイラの呪いと骨の伝言

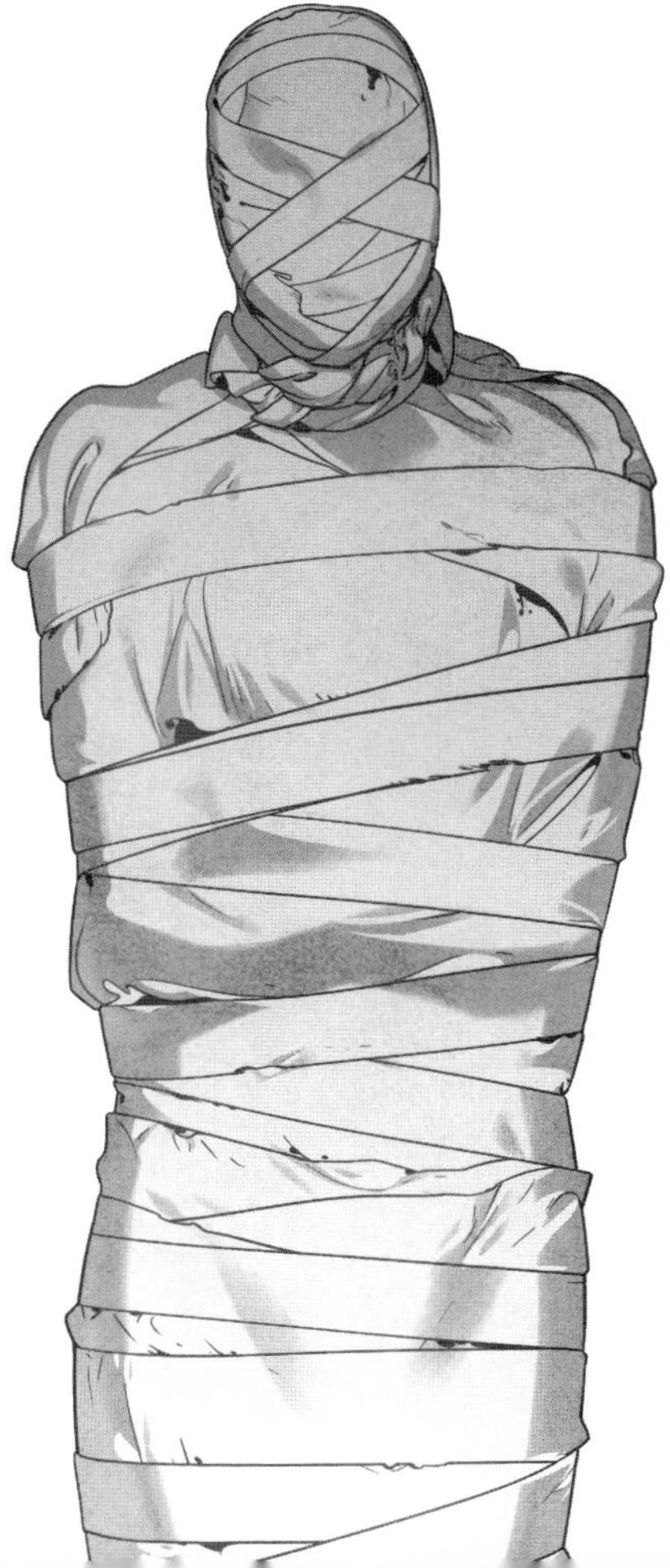

「いいね、実にいい」

「どこがです？　ただの骨じゃないですか」

コニーがあまりにきっぱりと言い放ったので、エリオットは少し慌てて振り返った。

彼は今日も非の打ち所のない体を非の打ち所のない三つ揃《ぞろ》えの中に包み、広大とは言い難い書斎に所狭しと配置した骨たちに手を差し伸べて演説を始める。

「確かに人間の骨はあらゆる墓地に溢《あふ》れかえっている。だがこいつは『恐竜』だよ。はるか古代にこの世界を闊歩《かっぽ》していたという巨大な虫類たちだ。彼らが生きていたころには、人間なんかひとりもこの世にいなかった。そう思うとぞくぞくしないかい？」

彼が新たに仕入れた骨格標本は大きいもので全長三メートルもあり、どれも『恐竜』とやらが生きていたときと同じ形に組み上げられている。

アメリカの石炭採掘場からやってきたこれらの標本の九割は本物の化石ではなく、学者が想像で補った細工ものだが、それでも美と驚きを愛するエリオットにとっては充分に興味深いのだ。

もっともコニーには異論があるようで、薔薇《ばら》色の唇からため息を吐いて言う。

「僕はこいつらのはたきがけの手間を思うとぞくぞくします。他の人間の使用人たちも同じことを思っているんじゃないでしょうか」

「幽霊の使用人といたしましては、エリオットさまの無駄遣いの心配をしておりますが」

恭《うやうや》しく言ったのは、部屋の隅《すみ》でにこにこと控えている幽霊執事ジェームズだ。

エリオットはあまりに嘆《なげ》かわしい意見にうめき声を上げ、手のひらで目元を覆《おお》った。

「はたきがけ？　無駄遣い？　あんまりに現実的すぎる！　僕はこれらに囲まれていると墓の中にいるみたいに安心するんだ。いいかい？　こんな巨大で強力なものたちが今は一匹も生きてはいない。それが世界の真理なんだよ。滅びは必然であって、悲劇ではない。生と死はどちらも水の流れのように自然なんだ！」

彼は熱弁するが、返すコニーは淡々《たんたん》としている。

「エリオットさまは、もう少し生きた方とお付き合いなさったほうがいいです。まだお若いんですし、財産も身分もあって見た目だって大層美しいのに、もったいない」

「付き合いは充分だろう、あちらの伯爵夫人ともこちらの時計商の夫人とも付き合ったし、コニー、君とだって日々付き合ってる」

エリオットが心から言うと、コニーは少し困り顔になった。

「何度も申し上げておりますが、僕は人間じゃありません、エリオットさま。あなたの人形です」

「コニー」

今度はエリオットが困り顔になる番だ。

はてさて、なんと言ってやったらいいものか。

爵位を得てインドから戻って以来、エリオットはさして悩むことなく生きてきた。

いや、なんなら幽霊船を下りたあのときから、悩みなんかなかったのかもしれない。幽霊の見える彼の世界では生と死が曖昧《あいまい》で、人類最大の悩みである『死の恐怖』をさして感じることがない。ゆえに彼の魂《たましい》は自由そのもの。

唯一気になることがあるとすれば、このコニーのことだ。

彼はサーカスで酷《ひど》い目に遭ってきたせいで、自己評価が低すぎる。特に自分のことを『人形』と呼ぶのはいただけなかった。早く己を人間だと認めて権利を主張しなくては、せっかくサーカスを抜け出してもどこかで誰かの奴隷《どれい》になってしまう。自律した人間でいるということは、思いのほかやっかいな仕事なのだ。

エリオットが適切な言葉を選ぶ前に、書斎の扉がノックされる。

声をかけてくるのは生きているほうの執事、スティーブンスだ。

「旦那《だんな》さま、失礼いたします」

「入って。ああ、用件を言うのはちょっと待ちなさい、何があったか当てよう。午前中に来客の予定はなし、ただし先ほどやけに急いだ馬車がうちの前で止まる音がした。ただ事ではない様子だが取り次ぐ君の顔には不安の色がない。ということは、約束なしでうちにやってきても不思議ではない人間が来たということだ――ヴィクターじゃないか？」

ただ返答するだけよりも面白いかと思って軽い推理を披露すると、スティーブンスは様々な思いを一瞬だけ顔によぎらせたのち、深々と一礼した。

「さようでございます。今後は、いかなるときにも顔に不安を出さないよう努めます」

「どんな顔をしていても君のことが好きだよ、スティーブンス。ヴィクターをここへ通してくれ」

優しく言いながら、そういえばヴィクターがいたな、とエリオットは思う。

エリオットの美貌《びぼう》目当てのご婦人でもなく、コニーでもなく、私的な時間を惜しみなくエリオットに注ぎこんでくれる男。世間はヴィクターのような男を親友というのだろう、と、エリオットは他人事《ひとごと》のように思った。

◇

「エリオット!!　一体なんだ、この部屋は！」

書斎に入ってくるなりヴィクターは叫び、エリオットはにこにこと両手を広げる。

「やあヴィクター。君ならこの骨のよさをわかってくれると信じていたよ！」

ヴィクターはがっちりとした優しい熊《くま》のような男だ。アッシュブロンド、ブラウンアイズのとろんと優しげな容貌。長身のエリオットよりは少しばかり背が低いが、がっちりとした体は数々の紳士《しんし》のスポーツで鍛え抜かれている。

エリオットとはパブリックスクール時代の同級生で伯爵家の長男の彼は、今は子爵を名乗り、わざわざ庶民院議員として日々熱弁を振るっているらしい。

彼はじっと骨を見つめた後にため息を吐き、困った顔でエリオットを見上げた。

「合法的に仕入れたものだろうな。君を告発するのはごめんこうむりたい。ところで相談があるんだが」

「話が急だね。もっと骨について感想は？　何か飲むかい？」

貴族とは思えないほどに単刀直入な彼の言いようを好ましく思いながら、エリオットは優しい声を出す。なるべく全人類に対して優しくいたい、というのが彼の信条だが、現実にはエリオットに優しくされるとうっとりして話にならなくなる人間は多い。ヴィクターはそうならずにいてくれるという意味でも逸材《いつざい》だ。

彼は勧められた椅子《いす》にどさりと体を沈めてから、じっくりと骨格標本を観察し直した。

「できれば紅茶を。……それにしても大きな骨だな。崩れないように気をつけたほうがいい。はたきがけのときにメイドがおっこちたりしたら大事故になる」

「これからはサーカスからメイドを雇うことにするよ。うちにはもうサーカスから来たボーイがいるし。それで、相談というのは？　お父上のご友人に関することかな」

ヴィクターらしい言葉に満足し、エリオットは水を向けてやる。

ヴィクターは腹の上で指を組み合わせ、深い深いため息を吐いた。

「ああ。……言っておくが、わたしはロンドン警視庁の警視総監が心霊マニアの君に頼るのには否定的なんだ。いや、誤解しないでほしいんだが、わたしは趣味はなんでも好きにすればいいと思ってる。ただ、警察が心霊に惑わされてほしくない。彼は今、『ミイラの呪い』に悩まされていてね……」

ミイラの呪い、という単語がエリオットの好奇心を突っつき、みるみる顔に生気が宿っていく。なんという怪しさ、なんというインチキ心霊事件の香り！

「最高じゃないか！　詳しく聞かせてくれ」

「本当に君はこういう話が大好きだな。君の頭の回るところや狩猟のセンスなんかは最高に尊敬できるが……まあいい。とにかく話すよ。ミイラの解包《かいほう》ショーのことは、もちろん知っているだろう？」

微妙な顔になったヴィクターの前に座り、エリオットは熱心にうなずいた。

「もちろんだ。エジプトから輸入したミイラを、怖いもの見たさの連中の前で見世物にする催しだろう？　出てくるのはただの死体なのにね」

「そのとおり、所詮《しょせん》は死体だ。しかし今回、『賢王』と名付けられた大物ミイラの解包ショーを間近に、関係者が次々死んでいるんだ」

「いいね、実にきなくさい！　僕は死者を利用するインチキ野郎どもをたたき潰《つぶ》すことには目がないんだよ」

エリオットはとてつもなく愛想のいい顔で言う。

ヴィクターは何か返そうとして断念し、うんざりとした調子で続けた。

「わたしはただの偶然だと思う。だが現場では『呪い』だ、という話になっている」

「死んだ古代エジプト人が、現代英国人を呪う、か。魅力的ではあるが、いささかの今さら感はあるかな」

「ばかばかしいのはわかってる！　だけど警官まで震え上がって捜査にならないっていうんだから冗談ごとじゃすまないんだ。途方に暮れた警視総監は、『幽霊男爵』は呪いにも詳しいんじゃないのか、ひとつ訊《き》いてみてくれないか、とわたしに頼んできた。わたしも暇じゃあないが、彼の頼みはむげにはできない。……で、どうだい？　君に『ミイラの呪い』を打ち破る手立てはあるのか？」

最後は真面目に問うてきたヴィクターに、エリオットは笑って自分の目を指さす。

「結論を急ぎすぎだ、ヴィクター。まずはこの目で見ないと話にならない！」

◇

「こいつを引き取ってくれるんなら万々歳《ばんばんざい》です、もう誰も触ろうとすらしないんだ！」

興行師は甲高《かんだか》い声で言い、トップハットを取って頭をがしがしと掻《か》いた。

場所ばかりは一等地にある興行師の家のホールには木箱が山積みになっている。べたべた押されたスタンプからして、それらが海を渡ってきたことは明白だった。

「引き取りに来たわけじゃない。話を聞きに来たんだ。その、呪いとやらについて」

ヴィクターは言いながら居心地悪そうに辺りを見渡し、扉の隙間《すきま》からいくつもの目が室内をうかがっているのを見てぎょっとする。彼ら、彼女らは幼い素肌にうろこを描いたり、眉間《みけん》に作り物の目をくっつけたりして、ショーの間だけ化け物になりきるのだ。

他にも得体の知れない蠟《ろう》人形やら、ギロチンのレプリカやらが置かれたホールはお世辞にも趣味がいいとは言えなかったが、エリオットとコニーは平然としている。

ヴィクターの台詞《せりふ》を聞くと、興行師はますます不機嫌になって鼻を鳴らした。

「呪いについて？　話すんですか？　一ペニーにもならないのに……？　いいですか、旦那！　俺たちは夢を売ってるんです。ちょっと気味のわるーいものを安全な客席から楽しめますよ、そう言って客を呼びこんでんです。なのにこのミイラ野郎ときたら、売りつけてきた野郎は階段から落ちて首の骨を折っちまったし、興行予定だった劇場では迷いこんだガキが奈落に落ちて死んじまったし、うちの若いのだって夜道で襲われた！　奴は『ミイラに襲われた』って会う奴みんなにふれて回ってますよ」

「ミイラに襲われた？　ミイラが動いたというわけか？」

怪訝《けげん》そうなヴィクターに、興行師は呆《あき》れて肩をすくめる。

「動くわきゃないでしょう、ミイラですよ！」

「ああ、わたしもそう思うんだが、『ミイラに襲われた』と言うから……まあいい、ええと、じゃあ、そのミイラは生前何か酷い目に遭ったんだろうか？　眠りを邪魔されたのが不満なら、君たちより先に発掘隊に被害が出ていそうなものだが」

「発掘隊なんざ知りませんよ！　こっちはショーをやってんです。ミイラはただのミイラだし、生前のことなんざ知りません。ちょっと頭がでかいから『賢王』って広告は打ちましたが、そりゃあこっちが想像力を膨らませてやってることです。ただ、このミイラはエジプト政府の証明書つきだし、不審なところはどこにもない!!」

「なるほど。……そういうことらしいんだが、君はどう思う、エリオット」

ヴィクターは「さっぱり何もわからない」という顔でエリオットを見やる。

が、エリオットはエリオットで真剣にあらぬほうを見つめるばかりだ。

こうなると彼はちょっとやそっとのことでは反応しない。パブリックスクール時代はそれで上級生ににらまれかけること数知れず、ヴィクターは彼をかばってまわったものだ。

もっともエリオット本人はそんなことは意にも介さず、見かけによらぬ豪胆さと幸運で好き勝手にふるまい、みるみるうちに人気者になっていったのだが。

「で、どうしてくださるんです？　こっちは高い金出してこいつを買ったんだ。広告も打った。だけど震え上がった劇場は場所を貸さないとか言いやがるし、返品しようにも売りつけてきた相手は死んでるときた！　正直な話、大損ですよ！」

興行師はイライラと貧乏《びんぼう》揺すりをしながら言ったが、コニーに目をとめるとしばし動きを止め、そののちゆっくりと首をひねる。

「……ときに、そこのボーイはいつから旦那のとこに？　その顔、どっかで……」

「うん。見えた！」

「な、なんです、やぶからぼうに！」

わずかにおびえた風情の興行師に、エリオットはうんうんとうなずいて言った。

「この一連の事件の真実がすべてわかってしまった、と言ったんだ」

「すべてが!?　さっきからぼけーっとしてただけで、一体なにがわかるんです!?」

「見ればわかるよ、こんなもの。あとこのミイラ、僕が買い取ろう」

「へええ!?　この、ミイラを？　……本気で？」

「もちろん本気だ、僕は世間の人間とは違って嘘《うそ》を吐かない」

輝かんばかりの笑顔で言うエリオットを前に、虚を衝《つ》かれた興行師はぼうっとしているようだ。真夏の太陽が人間になったらこうなんじゃないか、と思わせるような強烈な明るさが、エリオットにはある。この国の人間は、その手の明るさの前に出るとどうしても恍《こう》惚《こつ》としてしまうのだった。

一方のヴィクターは慌ててエリオットの腕を摑《つか》んだ。

「ちょっと待ってくれエリオット!　こいつは呪われたミイラだぞ」

「まさか君、呪いを信じてるのか？」

きょとんとしたエリオットに、ヴィクターは何度か口を開けたり閉めたりする。信じたくはないが、心のどこかは気にしてしまっている、というところだろう。

エリオットは優しく目を細めて告げる。

「君も同意してたじゃないか、ミイラなんてただの死体だ。ただし、死体なんだよ」

「……何が言いたいのかわからない」

「大丈夫だ、僕には全部見えている。君にもわかるように説明するよ。だけど、ここじゃ駄目だ。だからミイラを買う。安心したまえ、僕の金だ」

ちっとも安心できないことを言うエリオットに、ヴィクターは眉間に皺《しわ》を寄せた。

「君のその、思わせぶりで迂遠《うえん》なところだけはどうにも好きになれないな。ひとをもてあそんでいるように見える」

「ヴィクター、それは違う。僕にはいつだって真実が見えるけれど、それを君たちの目に見えるようにするにはある種の儀式が必要だというだけだ。ひとは真実を見たいんじゃない、見たいものだけを見たいんだからね」

エリオットは丁寧に説明するが、ヴィクターの眉間の皺は深くなるばかりだ。

「わたしはそうは思わない。真実には圧倒的な力があるよ、エリオット。君が真実を知っているなら儀式だなんだうさんくさいことを言うのはやめて、今ここで皆にわかる言葉で語るべきだ。それが本当に真実ならば、誰もが納得する」

重々しく言いながらも、彼の優しい雰囲気は崩れない。

エリオットはそんなヴィクターをしげしげと見つめて言った。

「ヴィクター、君は本当にいい男だな」

「話をそらすな、エリオット」

嚙《か》みつくように言うヴィクターにも、エリオットはにこにこするだけだ。

興行師は呆然《ぼうぜん》とふたりを眺めていたが、やがておそるおそる口を挟む。

「この役立たずミイラを買っていただけるのはそりゃあもう、願ったり叶ったりなんですが、その……旦那はまるっきり、呪いなんてものは信じていらっしゃらないんで？」

「呪いはあるよ。君にもかかっている」

あっさりしたエリオットの答えに、興行師はひえっと変な声を出した。

エリオットはそんな彼に向かって穏やかに笑って言う。

「心配しなくていい。僕は幽霊だ。幽霊は呪われない。そのうえ、ミイラの呪いさえ解くことができるんだ。なんなら君も呪いを解く儀式に参加したらいい。……そうだ、是非《ぜひ》とも招待しようじゃないか！　場所はちょっと相談しなきゃならないが」

「いやいや、しかし、幽霊って、旦那」

おびえる興行師に向かって、エリオットはぽんとひとつ手を打った。

「そうだ、ひとつよくわからないところがあるんだが、君の一味の『ミイラに襲われた』という証言、彼は相手の顔を見たのかい？」

「顔はそりゃあ、包帯に巻かれてたんでしょう。ミイラなんですから。こっちはそういうふうに取りましたけどね」

「ふむ、なるほど。それで納得できないこともないが。やはり儀式が必要だな」

ひとりごちるエリオットを見やり、ヴィクターがうんざりした声を出す。

「無辜《むこ》の市民をおびえさせるのが趣味の幽霊男爵さま、呪いを解いてくださるのは非常に光栄ですが、わたしのようなただの人間には出番なしなのでしょうか?」

「おお、勇気と人望と、何より真実を信じ続ける強靱《きょうじん》なる善良さを持つ我が友よ。もちろん、君の出番はあるさ」

いささか芝居がかった調子で言い、エリオットはヴィクターに素早く耳打ちした。

◇

果たして、それからのエリオットはまるで自《みずか》らが興行師になったがごとくであった。

宣言通りに『呪われたミイラ』を買い取り、ミイラの呪いに直面した関係者たちを呼んで、よりによって大英博物館で私的な解包ショーを企画したのである。

時は夜更《よふ》け。展示室とは厚手のカーテンで仕切られ、あちらやこちらに古びた資料の山が積まれた講義室に、ヴィクターの皮肉っぽい声が響いた。

「君のことだから、てっきり一般客を入れると言うかと思ったよ」

「そんなことをしたらひとが増えすぎる。僕は幽霊男爵だよ？　それに呪われたミイラが合わさったら、万博レベルの会場でないと駄目だろうね」

堂々とうそぶいたエリオットは、上着の下にこの日のためにわざわざ仕立てた巻き貝の化石柄のベストを仕込んでいる。無難に無難を重ねた結果、果てしなく上質な野暮《やぼ》みたいな格好をしがちなヴィクターは、友人を複雑な表情でしげしげと見つめた。

そんなふたりに、講義室の隅から興行師のヤジがとぶ。

「いよっ、旦那！　見事な解包ショーを期待してますよ！」

相変わらず紳士装束《しょうぞく》が身についていない安っぽい男だが、エリオットは朗《ほが》らかに手を振った。彼の横には興行師一味の男が背を丸めて座っており、そのこめかみにはまだ生々しい色の大あざがある。『ミイラに殴られた』というあざだ。

集まった観客たちは彼らだけではない。茶色く変色した包帯でぐるぐる巻きのミイラがよく見える最前列辺りには学者じみた一団が妙に打ち解けた様子で座り、彼らのうしろに興行師に劇場を貸すのをしぶっている劇場支配人が不機嫌そうに座る。

さらに誰からも離れたところに少女がひっそりと座り、さらに深くうつむいた男がひとり、席に着いていた。コニーはというと、部屋の隅で気配を消してたたずんでいる。

招待した全員が揃っているのを確かめ、エリオットはミイラの前に立った。

そうして両手を広げ、深みのある美声を響かせる。

「ご期待光栄に存じます。さて！　ここに集まっていただいた方々……そう、博物館員以外の方々には共通点があります。それは、『ミイラの呪い』にかかってしまった、という点」

芝居がかった言いように、皆の視線がエリオットに集まった。

興行師は鼻を鳴らすが、一味の男は不安そのものの顔ですがるようにエリオットを見る。

劇場支配人も無意識に唇を噛み、少女も小さく震えた。

ぴくりとも動かなかったのは、深くうつむいた男くらいだ。

エリオットはまつげを伏せて続ける。

「残念ながら、『ミイラの呪い』は実に強力です。何しろ膨大な年月が積み重なっていますから。一度かかってしまったからには、一生消えないと思ってもいいでしょう」

「おい、話が違うぞ。なんで脅しにかかるんだ、小さい女の子もいるのに」

慌てたヴィクターがエリオットの耳に囁《ささや》きかける。

エリオットはすぐに囁き返した。

「彼女は興行師にこのミイラを売った男の子どもだ。彼女の父親が死んだことが『呪い』の噂《うわさ》の発端だよ。彼女には一番強い呪いがかかっていると言っていい。真っ先に解いてあげないと、昔の僕みたいに三流新聞の餌食《えじき》になる」

「そうかもしれないが、ものにはやりようがある。呪いを解くなら脅す必要はないし、よりによってこんな気味の悪いところでやらなくてもいいだろう。世界中の呪いを蒐集《しゅうしゅう》したような場所だぞ、ここは」

ヴィクターは心配そうに言い、問題のミイラをちらっと見やった。

呪いのミイラはいささか小柄にも見えたが、確かにバランス的には頭が大きい。すっかり変色した包帯越しにそのような体形がわかってしまうと、ことさら「ここに死体があるのだ」という気味の悪さが増した。

一体でもこうなのに、この大英博物館にはこれ以外にも山ほどのミイラがあるのだ。

エリオットは笑い、軽やかに喋《しゃべ》り出す。

「確かにそのとおりだ。ここには素人《しろうと》から玄人《くろうと》まであらゆる考古学者が全世界から持ちこんだ古代の神殿や神器、異教の神を表す仮面や壁画までが蒐集されている。ミイラが呪うというのなら、それらも呪う。当たり前だよ、異教の神の領域を侵したんだから。そんなところになぜ、僕は呪われたミイラを持ちこんだのか？　ヴィクターでなくともそう思うだろう。君たちも思ったはずだ。……そうだね？」

エリオットはよく澄んだ声でそう言った。

誰も声に出して「そうだ」とは答えなかったが、空気が彼の問いを肯定していた。

エリオットは満足げに彼らを見渡してから、傍《かたわ》らに視線を落とす。

そこには小柄な枯れた雰囲気の老紳士がたたずんでいた。

「ここにはミイラの専門家がいるからだよ。こちらの紳士は、この大英博物館でエジプト・アッシリア部門の総括をしておられる。では部長、まずはミイラについて簡単に教えてくださいませんか。ミイラの呪いについてはそのあと検討いたしましょう」

「お断りするわけにはいかないでしょうね。君のお父上には随分《ずいぶん》とお世話になりました。彼は偉大なる海洋冒険家であると同時に、博物学者でもあった。この博物館にある宝の中にも、彼がもたらしたものは少なくないのです。――さて、では、講義を始めましょう。うちの連中にはわかりきった話でしょうが」

そう言って部長が微笑《ほほえ》みかけたのは、最前列近くに固まった学者めいた人々だった。彼らはこの大英博物館の館員たちだ。世界の宝を多数収めた大英博物館の上級館員たちは、敷地内の屋敷に住むのが決まりである。博物館の敷地内に屋敷があり、メイドがおり、料理人がおり、彼らは皆割り振られた部屋に家族と共に住んでいる。

その屋敷にも当然このおかしなショーの噂が届き、暇な連中は揃って駆けつけたというわけだ。彼らは部長の言葉を受けて顔を見合わせる。

「確かに見慣れちゃいるが、どうだ？」

「わたしは専門が中国だからな。陶磁器《とうじ》の年代には詳しいが」

「図書館の住人に言わせてもらうなら、人間の脳内には図書館の地図さえあればいいのさ。詳しく知りたければエジプト関連の書籍を見ればいい」

自由な雰囲気で語り合う館員たちには適当にうなずき、部長は続けた。

「皆さんご存じのとおり、ミイラは古代エジプトの不死思想から生まれた埋葬方法です。不死の魂が帰ってくる場所として、体を腐らないよう保存したのがミイラなのです。腐りやすい内臓は抜き取られましたが、大事なものとわかっていたのでそれぞれ別の壺に入れて墓に入れておりました。古代エジプト人は実に賢かった。果たして我々はいかほど進歩したのかと不安になるくらいです。しかし、大丈夫。ご安心を。彼らは今から考えるととんでもない臓器を捨てていました。さて、どこだと思います？」

ブラックジョークに微笑み、エリオットが茶目っ気を乗せた声で答える。

「心臓では？　あまり熱いものを死体のそばにおくと、腐りやすくなりますから」

「なるほど、なるほど！　君の心臓はいつも恋に燃えているんでしょうな。ですが残念。心臓はもっとも大事なもの、生前の罪を測るものとして胸の位置に遺されました。捨てられたのは……脳みそですよ。古代エジプト人は、脳みそは鼻水を作るだけの無駄な器官だと思っていました」

にこにこと部長が答え、ヴィクターが目を剝《む》いた。

「本当か!? つまり、復活後は鼻水と無縁になる予定だったのか、彼らは!?」

「……そこがそんなに意外かい？」

もっと他に意外がるところがあるだろう、と思って返しつつ、エリオットはくすりと笑った。手の中でステッキをもてあそび、講義台のミイラを見下ろす。

「僕だって鼻水のない人生はうらやましいが、脳のない人生は想像しがたい。僕らはひとの心は心臓ではなく、脳みそにあるものと信じているからね。思うに、このミイラたちが未だに復活できていないのもそのせいじゃないでしょうか、部長？」

「脳がないから復活できない。ですか？ ははは、それはどうでしょう。我々にとっては今の主流の考え方より、『当時のエジプト人がどう信じていたか』のほうが大事なのです。当時の人々の思いを知り、保管し、伝えていくことが仕事なわけですから」

「なるほど！ では、ミイラの基本と博物館精神の基本を押さえたところで次へ参りましょう。我々英国人は今まで、そんなミイラをどう扱ってきたのでしょうか？」

真面目な話が続き、劇場支配人があくびをするのが見える。興行師は案外身を乗り出して聞いていた。今後のショーでうんちくとして語るのかもしれない。

エリオットの問いを聞いた部長は、少しばかり鼻に皺を寄せる。

「……繊細な問題にはなりますが、まず、彼らは砕かれて薬局の棚に並びました。酷い味のせいで吐き気を催させるため、毒を飲んだときに飲む催吐《さいと》剤に使われたのです。猫のミイラは肥料として庭に撒《ま》かれたこともあります。牛の糞《ふん》と同じ扱いだ」

「ははあ、ひってぇもんだ！　それに比べりゃ解包ショーは上等じゃないですか！　ミイラは牛の糞どころかショーのスターだ！　誰もがゲスな興味でやってきて、最終的にはちょっぴりお勉強して帰る。俺たちの仕事はこの博物館がやってることと同じですねえ」

声を投げたのは興行師だ。あくびばかりだった劇場の支配人も、これには同意するように薄ら笑う。博物館員たちの中には、逆に眉を上げてみせる者もいる。ヴィクターはどんな顔をしたらいいのかわからない様子だったが、部長は案外真顔でうなずいた。

「ええ、同じです。大英博物館も最初は驚異の小部屋の延長でした。踊り場にキリンの剝《はく》製《せい》を置き、ホールには彫刻と絵と剝製がごちゃまぜで、見世物小屋と揶揄《やゆ》されたんです」

「ええ。だからこそ――ここが、僕の解包ショーにふさわしい」

エリオットは言い、ミイラの脇に置いていた大きな裁ち鋏《ばさみ》《た》を手にして微笑む。

「紳士淑女《しゅくじょ》の皆さん！　前説はここで終了です。ここからはお待ちかねの解包ショー。この鋏ですべてを断ち切ります！　このエンターテインメントはミイラが薬局に並んでいたころには存在しなかった。なぜだかわかりますか？」

彼の声はぞっとするほどよく通った。

ヴィクターはぶるりと震えて、無意識に自分の体を抱くように腕を組む。コニーはガラス玉のような瞳をますます虚《うつ》ろにして、じっと自分の主《あるじ》を見つめている。

返事がないのを知ると、エリオットは少し声のトーンを落として続ける。

「薬局に並んでいたミイラは薬品でしかなかったから、ですよ。そう、あの時代、ミイラは『もの』でした。ですが段々と現代に近づくにつれ、ひとは当然のことに気づき始めたんです。……ミイラもまた、『ひと』であるということにね」

最後はほとんど囁くような声だったが、講義室にいる面々にははっきりと聞こえた。

奇妙な緊張感の中、淡い汗の臭いが漂い始める。皆が少しだけおびえている。これから彼が何を言うのかに注意が集まっている。

それはおそらく、誰もが知っていて、誰もが気づいていること。

そして、誰もが言わなかったこと。

エリオットは薄い唇の前に人差し指を立て、ゆるりと笑った。

「僕は父の生前も、ひとりでも、何度かエジプトには行きました。だから知っていますが、エジプトの有力者が墓に『墓荒らしは呪われる』というメッセージを遺すのは特別なことではありません。そうですね？　部長」

「ええ。彼らは盗掘《とうくつ》を恐れたんです。呪いでそれが阻止できるのならと、自分の墓にたくさん注意事項を書いた、ということです」

部長の声が妙に乾いて聞こえる。そしてエリオットの笑みは深まる。


「つまり、彼らはとっくに我々を呪っていたんですよ」


メフィストフェレスの顔で囁くと、彼は姿勢を正して続けた。

「ただ、その呪いは、ミイラを『もの』だと信じ、罪悪感なしに肥料にする人間には通じなかった。だが、今はどうでしょう……？」

ごくり、と誰かが唾《つば》を呑《の》みこむ。エリオットの瞳がきらきらと光っているのが見える。

彼の声は、今度は徐々に大きさを増していく。

「僕らはミイラは『死体』だと気づいた途端に解包ショーなるものを編み出しました。これは後ろめたさを楽しむ娯楽。合法的に死体を見たい、自分とはなんの関わりもない死体が見たいという欲望に満ちた娯楽です。改めて考えてみてください。僕らと同じ人間の死体を、心の底から永遠を願って死んだ人間を、手間と技術を尽くして埋葬された人間を、暴き、掘り返し、見世物にして、あざ笑い、侮辱《ぶじょく》し、破壊し、悲鳴を上げるご婦人方を支えていい気になって……それでもまだ、自分だけは善良でいられると思っているのか!?」

最後は、ばんっ、と講義台の端を叩いてみせる。

その音が妙に大きく響き、ゆっくりと消えていく。

辺りに苦痛が漂っている。皆が息を詰めている。

とどめ、とばかりにエリオットは甘く囁く。

「数々の、それこそミイラの数だけある呪いが、今こそ我々に襲いかかる。今までは効力を発していなかったものが、今の我々にはあとからあとから降りかかってくる――」

「はっ……何を言うかと思えば！　俺たちに当てつけをしたいのか、あんたは……」

興行師がうわついた声で沈黙を破った。怒りを装ってはいるが、表情を見れば恐怖の影があるのは間違いない。彼にも後ろめたさはあったのだ。それをエリオットが自覚させた。

自覚がなければ、呪いは解けない。

エリオットが優しく口を開こうとしたとき、凄《すさ》まじい悲鳴が辺りをつんざいた。

「いやああああああ!!　呪われたくない、呪われたくない、呪われたくない……」

「お嬢さん!?　どうしたんだ、落ち着いて」

びっくりしてヴィクターが叫ぶものの、悲鳴は止まらない。

椅子から降りてうずくまっているのは、父親を『呪い』で亡くした少女だ。彼女は真っ青になって両手のひらでこめかみを押さえ、猛烈な早口で喋り続ける。

「違うの、違うの、違うってば、私は悪くないの、お父さんも悪くない、だって、あのミイラは、偽物《にせもの》なんだから!!」

ざわり、と講義室内の空気が動いた。

皆がそれぞれに表情をゆがめ、少女のほうへ視線を向ける。

「やっぱりね」

エリオットは優しくつぶやいた。

そのままコニーに目配せすると、彼はぱっと少女のところまで駆けていく。

「大丈夫?」

コニーが囁くと、少女はがばりと顔を上げて彼の腕にすがった。

「ねえ、大丈夫だよね。私知ってるの、よく覚えてる、あそこのはうちで作った偽ミイラだよ。お父さんがそのへんの死体を安く買って作ったの。ただの死体なの。エジプトの王様じゃないから、呪わないよね。買った死体の内臓を抜いて干しただけだもん、お父さんも私も人殺しなんかしてないし、解包ショーにも行ったことない、だから、私、ミイラになんか呪われないよね？　ちゃんと天国に行けるよね!?」

「……」

コニーはすぐには何も言わず、ヴィクターは顔を引きつらせた。

「待ってくれ……それは、つまり……？」

ヴィクターが少女の言葉の意味を正確に理解する前に、コニーが少女の手を握った。少女は自ら両手でコニーの手を握り直し、必死に天使みたいな彼の顔を見上げる。

「お願い。私は呪われない、って言って」

「神の救いはないよ」

「え？」

なんで、と瞳で問う少女に、コニーは淡々と告げた。

「君や僕みたいな底辺で生きているゴミに神の救いなんかない。神さまはもっと世界の役に立つ上等な人間だけを救うから。でも、エリオットさまはどんなゴミクズでも救ってくださるよ。そのためにわざわざ孤児院から君を探し出して呼んだんだ。だから君は、神よりエリオットさまに祈るべきだ」

ぽかん、とした少女が我に返る前に、今度は興行師一味の男が真っ青になって叫ぶ。

「まさか……まさか、そんなわきゃない!!　あれは確かに本物だった、オレは見たんだ」

「おい、余計なことは言うなと言ったろうが!!」

興行師は怒鳴るが、一味の男は目を血走らせて続ける。

「オレも一度は疑ったんだ。エジプト政府の証明書なんざいくらでも金で買える。あのミイラ売りが偽物を作ったんじゃねえかと思った……だけど、オレは見たんだよ、残りの半分の代金を支払いに行ったとき、ミイラ売りの男が死んでるところに出くわしたんだ!!そこには、呪いの紙があった!」

「呪いの紙? パピルスかね」

こんなときでも知的好奇心をくすぐられたのか、部長が口を出す。

一味の男はうなずき、大急ぎでポケットをさぐり、茶色く変色したリボンのようなものを引きずり出した。

「これだ!! これ見よがしに、死んだ男の上に乗っかってた。オレは、金目のもんだと思って、うっかりその場から持ってきちまった……だからオレが襲われたんだ。そいつはオレたちが見てないところで起き上がって、オレたちを殺しに来るんだ!!」

「それは……」

部長が眉間に皺を寄せる。

混沌《こんとん》の中、エリオットが軽やかに笑って鋏を鳴らした。

「そのとおり！　さあ、今からすべてが明るみに出るぞ!!」

ひときわ大声で叫んだ直後、展示室と講義室を区切るカーテンが引き開けられる。

「その鋏を置け!!」

くぐもった叫びに、一斉に視線が集まった。

その間にも、次々と男たちが講義室に踏みこんでくる。いかにも古着の柄物紳士服に身を包んだ彼らはナイフや棍棒《こんぼう》で武装し、口元はハンカチできっちりと覆い隠していた。どう見ても雇われ者のごろつきにしか見えない男たちの姿に、少女がか細い悲鳴を上げる。

「なんだ、どこから入った!?」

「出て行け、もう一般公開の時間じゃない!!」

色めき立ったのは館員たちだ。ごろつきたちとは対照的な、偏屈な雰囲気のある男たちばかりだが、それでも博物館の宝を守ろうという気概でもって立ち上がる。

「命が惜しきゃあ、静かにしろ」

対するごろつきどもは、板についた低い声で辺りを威嚇《いかく》した。

誰も逃がさぬよう、広がって近づいてくるごろつきたちに、劇場支配人と興行師は浮き足立つ。コニーは少女の肩を抱いて守り、ヴィクターは信じられない、というような顔でポケットに手を入れた。

そんな中、エリオットはひとり平然と告げる。

「お客が増えるのは歓迎するよ。だが、騒ぐのは感心しないな、僕と一緒にミイラの呪いを解きたいなら、そこらに静かに座っていたまえ！」

「黙れ!! 黙って鋏を置くんだ。もう片っぽの目までなくしたくはねえだろうが。おとなしくそいつを渡せ！」

そいつ、と言って侵入者たちが指さしたのは……講義台の、ミイラだ。

きらり、とエリオットの瞳が光る。

「ヴィクター！」

エリオットが叫ぶと、ヴィクターはポケットから出した笛を鋭く吹き鳴らした。

「なんだ？」

「おい、よせ!!」

ごろつきたちはぎょっとしてヴィクターに駆け寄ろうとするが、わずかに早く、けたたましい音を立てて隣室からの扉が開く。ほとんど同時に、ごろつきどもが現れたカーテンが再び翻《ひるがえ》り、どちらからもどやどやと制服姿の警官たちが現れた。

「おとなしくしろ！」

「スコットランド・ヤードだ!!」

口々に怒鳴りつけ、警官たちはごろつきたちに素早く警棒を突きつける。

「なんだ⁉　罠《わな》かよ！」

「くそ、俺がただで捕まると思ってんのか‼」

待ち伏せしていたとしか思えない警官隊の登場に、ごろつきたちはあっという間に浮き足立った。それでも抵抗しようとする数人に向かって、私服の刑事らしき男が高らかに叫んだ。

「早めに観念したほうがいい‼　貴様らの雇い主はすでに逮捕済みだ！　見ろ‼」

「そら、歩け！」

講義室に集まったすべての人々の視線を浴びて、ひとりの男が警官たちに小突かれながら入ってくる。途端にごろつきたちは唾を吐き、あるいはうなり声を上げながら再び逃走を試みて警官隊に袋叩きにあった。

混乱の中、意外な反応をしたのは博物館員たちだ。

「お前、アレン……？　アレンだよな。どうしたんだよ、アレン、何をやった⁉」

「埃取《ほこ》り係が、こいつらを招き入れたのか？　それでなんになるんだ？　一体どうしたっていうんだ？　おい、アレン‼」

口々に名を呼ばれても、警官に連れられてきたアレンとやらは強く歯を食いしばってうつむくばかりだ。彼の体形はどちらかというと小柄で、いささか頭が大きいのが目立つ。

エリオットは彼を見るなり、うるさいくらいに目をきらめかせて叫んだ。

「ああ、やっぱり！　お兄さんにそっくりだね、アレン！」

彼の声に、アレンはぎょっとしたふうに顔を上げる。

その顔を見た瞬間、少女がとんでもない叫び声を上げた。

「きゃあああ!!　ミイラ！　あのときのミイラが、生き返った!!　あのミイラが!!」

「こら、落ち着きなさい。彼はミイラじゃない、まだ生きてる！」

ヴィクターはうろたえながらも少女を落ち着かせようと叫んだが、少女はもはや何も聞いていないようだった。抱きかかえるコニーの腕すらふりはらって叫び続ける。

「駄目よぉ、もう駄目、呪われたんだ、みんな、みんな殺されるんだ!!」

「こりゃあ一体どういうことだ!!　呪いを解くどころか、この子はミイラが生き返ったって怒鳴ってる！　説明できるんでしょうね、幽霊男爵さんとやら!!」

周囲の混乱に負けじと、興行師が雷のような大声で怒鳴った。

対するエリオットは、鮮やかな笑顔で首をかしげる。

「ご心配なく、今からすべての呪いが解けますよ。つまり、このミイラは、こちらのアレンの兄の、ミラー・マッキントッシュなんです！　そうですね、ミイラさん？」

エリオットは言い、講義室の客席を見つめる。

　そこでずっとうつむいていた男は——正確に言えば男の幽霊は——のろのろと顔を上げてうなずいた。正面を向いた彼の頭は、アレンと同様に、そして講義台のミイラと同様に、少し目立つくらいに大きかった。

◇

「つまり、真相はこうだ」

　すべてが終わったあと、エリオットはのんびりと大英博物館内を歩きながら切り出す。

　連れだって歩くヴィクターは相変わらず難しい顔、コニーは澄ました無表情で、エジプト・アッシリア部門部長は疲れ果てた顔をしている。

「弟のアレンが兄のミラーを殺して、死体を売った。売られた死体は偽ミイラに仕立てられ、さらに転売されて解包ショーに出ることになる。頭が大きかったから、『賢王』だなんて称号を付けられてね。ひょんなことでそれを知ったアレンは、そいつがミラーの死体のなれの果てではないかとピンときて大いに慌てた。万が一、ミイラのできが悪くてショーの最中に正体がばれれば、自分が死体を売ったこと、ひいてはミラーを殺したことがバレてしまうかもしれない」

「……それで、慌ててミイラを取り戻そうとして、その過程でミイラ関係者を殺してしまった……ということか？」

釈然としない顔でヴィクターに言われたエリオットは、ギリシャの壺から視線を外して朗らかに笑う。

「何か不思議なところがあるかい？　アレンも最初はその気はなかったんだろう。ミイラを作った男を探り当ててミイラを取り戻そうと交渉するも、決裂してうっかり殺してしまった。そのあと、自分のせいでミイラの呪いの噂が立ち始めたのを知った彼は、逆に呪いを意識して動いたわけだ。ショーを阻止するため適当に見繕《みつくろ》った死骸《しがい》を劇場に投げ込んだり、包帯を巻いた手で興行師一味を襲ったりね」

「……確かに、アレンは取り調べに対してそんな話をしている。もっとも、手の包帯は最初にミイラ作りの男ともみ合ってできた傷を隠すためだったらしいが……。ただまあ、わたしは彼の殺人は故意だと思っているよ。ミイラ作りの男を殺したとき、わざわざ呪いの紙を残しただろう？　あれは偶然にしては、あまりに用意がよすぎるじゃないか」

重々しくヴィクターが言うと、ぽつりと部長が口を挟んだ。

「子爵、あれは呪いの紙ではありませんよ。死者の書です」

「不勉強で申し訳ない、死者の書というのは？　それこそ呪いじみた響きですが」

慌てるヴィクターに、部長は苦い笑みを向けて手を振る。

「いえ、死者の書はそんなおどろおどろしいものではありません。死者が死の国へたどり着くまでの注意事項を描いたガイドブックのようなものですよ。ミイラの作り方も描いてある。あれを死者に添えるのならば、呪いというよりは手向《たむ》けでしょう。しかし……アレンが、それほどまでにエジプト文化を愛していたとはね。知らなかったな……」

「えー……、しかし、アレンは大英博物館の職員なんですよね……？」

沈鬱《ちんうつ》な部長の言いように戸惑い、ヴィクターはエリオットに子犬のような視線で助けを求める。エリオットは優しく笑って部長の言葉を補った。

「アレンは『はたき係』といって、収蔵品にはたきをかけるだけの職員だったんだよ、ヴィクター。大英博物館には他にも計算専門の係なんかもいる。そういう人間が研究職に出世するのは難しいが、憧れを深めることはできたんだろうね」

「『はたき係』。はたきだけ……」

啞然《あぜん》とするヴィクターの横で、部長は力なく笑う。

「……もっと早くに気づいていればよかった、と思っています。死者の書自体は本物も偽物も山ほど出回っていますし、エジプトでは安価なお土産《みやげ》です。エジプト好きなら持っていてもおかしくない。彼はミラーの死体を追って偽ミイラ作りの家に行き……ひょっとしたら、彼らのミイラ作り設備のずさんさに怒って、あれをたたきつけた可能性もある」

「なるほど。専門的な怒りですな」

ヴィクターはそれ以上何を言うこともできず、難しい顔でギリシャの神殿から剝がされた彫刻へ視線をやる。部長はしばらく黙って歩いていたが、やがて疲れた微笑みを浮かべたままエリオットを見た。

「……エリオット。君の言うことを信じるのなら、君はアレンが犯人だと知ってここに『呪われたミイラ』を持ってきたのでしょう。ですが、呪いを解く意味でもここで正解だったと思います。わたしたちは略奪者であり、野蛮《やばん》です。だからせめて、学び続けなければいけない。過去の遺物が長く残れば、君のように真実に気づく人間も増えていく。様々な死生観や価値観を認め、それらをないがしろにすることが悪だと気づけば、我々は変われる。恐怖も、呪いも、やがて消えていくでしょう」

「ありがたいお言葉です。この博物館には、是非長くここにあってほしいものです」

エリオットが静かに言うと、部長は一瞬だけ泣きそうに顔をゆがめた。

そののち「仕事がありますので」と去っていった彼の後ろ姿を見送り、ヴィクターはしみじみと息を吐いた。

「いやはや……。しかし、奇妙な真相だったな。エリオット」

「そうかい？　僕にはミイラのそばにたたずんでいた彼が最初から見えていたから、何もかもが当然だったんだが」

「……彼」

ヴィクターは少し裏返った声で言って辺りをきょろついた。さっきからずっとエリオットの傍らにいたアレンの兄、ミラーの幽霊は、ヴィクターに向かって軽く目礼する。もちろん、ヴィクターには見えないのだが。

コニーはミラーのほうに目をこらしたのち、ヴィクターに耳打ちした。

「今、その辺に立っていらっしゃいます」

「その辺ってこの辺か？　コニー、君にも見えるのか？」

おそるおそるヴィクターに訊かれ、コニーはうなずく。

「エリオットさまに言われればぼんやり、というくらいですが」

言われてもヴィクターは信じられない様子だが、エリオットは彼はそのままでいいと思っている。水晶の柄《え》がついたステッキを握り、エリオットは機嫌よく語る。

「幽霊というのはそもそも、まともに埋葬されていたら出てこない。だから僕は最初からミイラの呪いというのはインチキだと思っていたよ。彼らはこのうえなくきちんと埋葬された死体だからね。でも万が一ファラオに会えたら面白いな、と思って見に行ったら、こちらの紳士がいらしたんだ」

「いやはや、ご迷惑をおかけいたしました。そちらの紳士にも」

こちら、と紹介されたミラーが恐縮して、幽体の帽子を深くかぶりなおす。

エリオットは彼に礼儀正しく微笑みかけた。

「ヴィクターは善意で動くのが趣味の男ですから、気になさることはありません。それにしても、あなたがクィーンズ・イングリッシュを話してくださったので心底ほっとしましたよ。僕もいくつか言葉は喋りますが、古代エジプト語には詳しくありませんから」

「ははは、それはそうでしょう。わたしもエジプトはさっぱりだ」

笑い合うエリオットとミラーのほうを見て目を細め、ヴィクターが囁く。

「談笑してる?」

「してますね。あ、そっちに行くと幽霊紳士の足を踏みます」

コニーの注意で、慌ててヴィクターは後ろへ下がった。

エリオットは幽霊の紳士が足を踏まれないように気をつけながら続ける。

「それにしても、お顔色がすぐれませんね。やはり、弟さんに殺されたのはショックが大きかったですか」

エリオットの問いに、ミラーは少し考えこんでからゆっくり答えた。

「いや、意外とそうでもないんです。元から我々の兄弟仲はよくなかったし、わたしも悪かったんですよ。お恥ずかしながら研究資金に行き詰まって、弟に借金の打診をしに行ったんですから。あれに大した稼ぎがないのを知っているのに、ですよ？　そこでまあ、もめまして。……あれは殺人というよりは、事故のようなものでした」

「なるほど。あなたは、弟さんを恨んではいらっしゃらない？」

「もちろんです！　ただ、心残りはある。その……わたしは骨相学《こっそう》を研究していまして。ご存じですか？」

アレンの兄の目は、骨相学、という言葉を発するときだけぎらっと光った。

エリオットは少しばかり肌がひりつくような感覚を覚えながら、浅くうなずく。

「多少ならわかるように思います。『骨の形で人格が決まる』というあれですね」

「そうです。正確には、人格、善悪、優劣、すべてが骨や脳から読み取れるという学問だ。ところが、弟はわたしの研究を迷信だと決めつけていました。だからわたしは、自分が死にゆくと知ったときは喜んだんですよ。この死で彼に骨相学の価値を知らせてやれると思った。それで『死後、わたしを解剖《かいぼう》して骨をとりだし、骨相学の正しさを証明してくれ』と遺言したんですが……弟はそれが猛烈にかんに障《さわ》ったらしい」

「なるほど。それでアレン氏は、わざわざあなたの死体を売ったわけですか」

無意識のうちに己の顎《あご》を撫《な》でながらエリオットが相づちを打つ。

ミラーはその形よい顎をうっとりと眺めて続けた。

「ええ。しかし……困ったことが起こりましてね。脳みそに魂が宿っているからこそ、頭《ず》蓋骨《がいこつ》からひとのすべてがわかるのがわたしの思うところの骨相学です。ですが……ご覧になったとおり、ミイラとなったわたしの脳は捨てられてしまった。本当にわたしの魂が脳に宿っていたなら、わたしは脳の喪失と共に自由になるか、腐った脳と共に下水道にうずくまっているかでしょう。なのに実際は、あなたに会うまで脳のない体に執着《しゅうちゃく》して離れることができなかった。しかも、とても悲しい気持ちを抱えたままで」

「ふむ。あなたは本当に魂が脳みそに宿っていたのかどうか、疑っておられる?」

これは死者ならではの悩みだ。いっそ哲学的でもある。

エリオットは面白く思って腕を組んだが、ミラーはさらに続けた。

「今さらそんな迷いを抱えても証明する手立てはないというのに、どうしても気になってしまいまして。いやはや、死してなお、こんな低次の問題で頭を悩ませるとは。敬愛するブラヴァツキー女史がこちらに来たときになんとお伝えしたらいいやら、です」

ブラヴァツキーという名を、エリオットは心中で繰り返す。

心霊方面ではちょくちょく聞く名前だ。彼女の唱える『神智学《しんち》』とやらはあらゆる宗教を折衷《せっちゅう》した新たな宗教で、この世の真実をこそ教義とするらしい。様々な心霊現象についても新たな解釈をするらしいのだが、エリオットにとっては見えるものがすべてである。それをわざわざ解釈する必要があるかどうかは、実に疑わしい。

なぜなら、解釈というのは常に、真実から遠ざかっていくものなのだから。

とはいえこんなところで名が出るくらいなのだから、ブラヴァツキーの思想は広がっていくのかもしれないな、とエリオットは思った。

『骨相学』に関しては現時点でも世界的にインチキであろうという意見のほうが主流だし、実のところエリオットもそう思っている。だが、次から次へと新たな思想は現れるのだ。

ひとは見たいものだけを見、信じたいものだけを信じる。

今回ミイラの呪いを退治したのは痛快だったが、この世界にはまだまだ迷信やインチキ、真実とはほど遠い思想のタネだらけだ。幽霊男爵なんて名乗ってひとつひとつ潰していっても、それらはすぐに息を吹き返すのではないだろうか。

ひとは不死をなしえなかったが、ひとにあだなす迷信の類《たぐい》は、いつまでもいつまでもしぶとく生き続ける――。

「……エリオットさま？」

不意にコニーに名を呼ばれ、エリオットは彼を見下ろした。見つめ返してくるグレーグリーンの瞳は底にやわらかな泥を溜めた湖のようで、エリオットは少しほっとする。

静かで、忠実で、賢いコニー。サーカス育ちで学問などひとつもわからないコニーだが、手品とエリオットの気持ちの変化にだけは、この世で一番詳しいのだ。

微笑んでコニーの頭を撫でてから、エリオットはミラーに向き直った。

「僕が骨を見てわかるのは、骨は美しいものだということです。ということで、そんな僕からのご提案なのですが……ここはひとつ学問のことは忘れて、我が家で恐竜の骨を見ながらのディナーをご一緒しませんか？　僕が他の死んだ方々から聞くかぎりでは、死者の国はロンドンからは遠いようです。旅立ちの前に、腹ごしらえをしていかれては？」

ミラーは思案したのち、人生の苦みを淡く乗せて笑う。

「そうですね。お言葉に甘えましょうか。生きた方からこんなお誘いを受けるのは、きっと最後なのでしょうから」

3 修道院の謎と愛の誓い

アーガイル公のカントリーハウスはスコットランドの春の中にあった。

冬には荒涼たる野となる緩やかな丘陵《きゅうりょう》も今は鮮やかな緑に覆《おお》われ、とげとげしい灌木《かんぼく》の固まりも黄色や紫の花で包まれている。あらゆる生命力が土を割って大気と入り交じる、一年でもっとも美しいこの季節。

盛大な狩りを楽しむために重厚な石の館に滞在する紳士淑女《しんししゅくじょ》たちは、午後のいささかけだるい時間を選んでサンルームに集まっていた。彼らの目当ては、熱い紅茶でも窓からの景色でもない。このうえなく優美な男の、ヴァイオリン演奏である。

「……素晴らしい」

「糖蜜《とうみつ》みたいに甘いわ」

観客たちが熱い吐息と共に言葉をこぼすのが聞こえ、エリオットはうっすらと目を開けた。意識のほとんどを演奏に傾けたまま、彼は辺りを眺め渡す。みっしりと寄り集まったご婦人方のドレスの七色と、それを引き立てる紳士装束《しょうぞく》の艶《なま》めかしい黒。まるで美しいモザイク画だ。

そして――彼らの隙間《すきま》に、頭上に、様々な年代のドレスの裾《すそ》がひらひらと翻《ひるがえ》る。

あれも、これも、それも、みんな幽霊の客人たちだ。

――ようこそ、音楽会へ。

　エリオットはやんわりと笑みを深め、ますます曲に情感を乗せる。

　音が艶《つや》めけば艶めくほどに、サンルームは麗《うるわ》しい紳士淑女の幽霊で一杯になる。彼ら、彼女らは生者とほとんど変わらない姿に見えるが、壁でも、天井でも、生きた紳士淑女の頭の上でも自在に踊ることができる。

　死者は音楽が大好きだ。旅立つのを忘れた死者はゆかりのある地にとどまって、年々輪《りん》郭《かく》をぼやけさせていく。そうして生前の記憶も薄れ、言葉を発することもままならなくなっていくのが常だが、エリオットのヴァイオリンには彼らを正気づかせる力があった。

　見るといい、あちらのかつらの紳士の堂々たる太もも、こちらの淑女のギリシャ風のドレスのゆらめき、その麗しさ、ダンスの足運びの確かさを。さらには一歳くらいの幼い死者までもがベビードレスを引きずって、よちよち、よちよちと音楽に乗っている。

　そのさまがなんとも愛らしく、いじらしく、エリオットはくすりと笑みをこぼしそうになった。次は彼に捧《ささ》げる子守歌でも弾《ひ》かせてもらうか、と思ったそのとき。

「天使がいますわ！」

　水晶のトゲみたいな声が飛んだ。

　ずきん、と心臓が痛んだ気がして、エリオットはとっさに演奏をやめる。

　死者も、生者も、客たちは皆、声のほうを見やった。なぜだろう、そうせずにはいられない声だった。彼らの視線の先にいたのは十歳そこそこの少女だ。死者か、と思いかけ、エリオットはすぐにその考えを否定する。

この少女は皆に見えている。

しかしこの子、生者にしては妙なことを言わなかったか。

「天使？　なんのことだ」

「かわいらしいわ。公爵家のお嬢さまかしら？」

客たちは囁《ささや》き合い、部屋に控えていた男性使用人《フットマン》が大慌てで少女のもとへと駆けつける。続いて息を切らせた侍女が飛びこんできて、悲鳴じみた声を上げた。

「レディ・リリアン、どうぞこちらへ！　さあ、早く！」

「いやです。ここには天使がいるんですの。とっても綺麗《きれい》。それに……」

一度言葉を切った後、リリアンは真っ向からエリオットを見た。視線がぶつかる。

水晶のトゲ。

さっき彼女の声を聞いたときと同じ印象がエリオットを突き通す。

視線が強い。あまりにも透明な灰色の瞳が目に痛くて、エリオットは思わず目を細めた。

リリアンは強い瞳でエリオットを射貫いたまま華やかに笑い、宙に浮かんだよちよち歩きの幽霊を指さして言う。

「あなたにも、見えてらっしゃったでしょう?」

◇

「……いささか不躾《ぶしつけ》な出会いになってしまったな」

「とんでもない、閣下」

翌日、エリオットは狩りを休んで広大な庭園にいた。

一歩先を歩く老人は、館の主人であるアーガイル公だ。由緒あるスコットランド貴族の流れをくみ、痛風《つうふう》で引退するまで大英帝国の政治の最前線で戦っていた人物である。エリオットと対面するのは初めてだが、エリオットがインドにいたころインド大臣を務めていたため、その名はごく身近なものであった。

公爵が隠居先に選んだ城の庭は、フランス風の幾何学《きかがく》迷路となった一角と人工洞窟《どうくつ》を配した廃墟《はいきよ》風の一角を有する。老アーガイル公は老いても瘦《や》せた背を折れんばかりにぴんと伸ばし、庭の小道を歩きながらしゃがれ声で語った。

「アーガイル公でいい。君は評判よりも折り目正しい男に見えるが」

「それは公の目が澄んでいらっしゃるからでしょう。ひとは見たいものを見るものです」

エリオットは彼の後について歩きながら穏やかに告げた。アーガイル公は、ふむ、と口の中で答えたのち、ゆっくりと続ける。

「なるほど。では、あの子も見たいものを見ている、というわけか？」

あの子、というのは、レディ・リリアンのことだろう。昨日の音楽会の闖入者《ちんにゅうしゃ》にして、アーガイル公の第十三子の娘。

彼女には、幽霊が見える。

「おそらくは。……いつからですか？」

エリオットはさらりと、しかし簡潔に訊《き》く。アーガイル公とふたりで話すのは初めてだが、彼が虚飾を好まないのはどこまでもシンプルで品のいい服装からもよくわかった。

公は杖《つえ》を突いて立ち止まり、春の花の咲き乱れる池を見つめながら告げる。

「昔からだ。少なくとも、あの子の両親が死んだときには見えていた。そういうことには疎《うと》いままこの歳《とし》になってしまったのだが、君やあの子のような人間は世界にどれくらいいるのかね？　何か、社交の場のようなものはあるのか？」

「僕が知る限り、この力は多かれ少なかれ誰もが持つものです。ただ、いかなる力にも強い弱いがあります。『なんとなく気配を感じる』程度の人間なら、世界の半分ほどはいるでしょう。僕くらい、つまり『死者と生者が同じように見える』人間には、残念ながら僕はまだ会ったことがありません」

エリオットは公の傍《かたわ》らに立ち、彼と同じように池を見ながら答えた。

幽霊男爵として飛び回るエリオットとしては、死者が見える力を持つことが不幸に直結するとは思わない。死者にもたちのいいものと悪いものはいるが、それは生者も同じことだ。見えるものは見えるものとして対処していけばいい。

むしろ、不幸になりがちなのは死者が見える力を持つ者の周囲である。自分に近しい人間が、自分とは違うものを見ている。そのことはしばしばひとの心を傷つける。公も孫娘の視界に驚き、傷つき、そして、対策を講じようとしている。エリオットはそれを、とてつもなく誠実だと思う。息子や孫息子ならともかく、彼女はいずれどこかへ嫁に行ってしまう孫娘だ。本来なら、家庭教師や花嫁学校へ任せきりで済んでしまう。

公はきちんと整えられた白い眉を上げて、ぽそりとつぶやく。

「死者と生者が同じように見える、か。あの子は……リリアンは、『天使よ』と、言う」

「昨日も確か、そのように」

「ああ。あの子は、死んだ者は皆美しい天使になるのだ、と言うのだ。この世は天使で満ちているらしい」

苦みと戸惑いに満ちた口調のどこかに優しさを感じて、エリオットは微笑《ほほえ》んだ。

「レディ・リリアンの見る世界は美しいですね。彼女が優しい証拠です」

「……うむ。この歳になると、美しい幽霊が見えるというのはいっそうらやましいような、救われるような気持ちにもなる。……今さらながら、わたしも信仰に衰《おとろ》えを感じてね」

語尾が力なく消えていくのを聞き、エリオットは少しばかり姿勢を正す。このような立派な老人でも、やはり死ぬのは恐ろしいのだ。

エリオットは注意深く、公のために言葉を選ぶ。

「信仰の力が強ければ、確かに幽霊など笑い飛ばせます。子どもの言うことなど戯言《たわごと》として片付け、教育の力で吹き飛ばしてしまえば済む。ですがこの世のすべては潮の満ち引きのようなもの。今のこの国では、信仰の力が引いて虚無が顔を出している。ですが、海はいつも海のまま。引いたものはいずれは満ちます」

信仰の弱まりは、けして公の精神の弱まりのせいではない。

そして、命の不思議は普遍である。

そのことを告げて押し黙ったエリオットに、公は緩やかに視線を向けた。

「君は賢《さか》しらなところを上手《うま》く隠して喋《しゃべ》るな。潮の満ち引きか。……海軍か？」

「陸軍です。インドが長かったのですが、幼いころは父と航海を」

「『幽霊男爵』」

公の囁きに、エリオットはにっこり笑う。

「ご存じでしたか。見世物小屋の看板のような名前です」

「わたしも最初はそう思った。だが、君ならよかろう」

少しばかりゆるんだ顔で告げる公に、エリオットは浅く一礼してみせた。

彼の落ち着きと誠実の気配に、公の顔色は少しよくなったようだった。

「わたしは君を信じる。リリアンと、少し話をしてやってくれんか。わたしは、彼女が天使を見ることを否定したくはない。だが、彼女はまだ幼い。凄《すさ》まじいことも不可解なことも、見たことすべてを口にしてしまう。リリアンの幽霊話におびえて辞めた者もいる。……このままではあの子は、生きた人間の世界になじめん」

「幽霊の見えるお話し相手、という役割ですね。やってみましょう。しかし……」

「しかし？」

公の片眉が上がるのを見て、エリオットはあっけらかんと笑みを深めた。

「僕は、悪い虫ですよ」

虚を衝《つ》かれたらしき公は、思わず噴き出した後に目をぎらつかせる。

「ん、は、あははは！　悪い虫が針を出したら殺してやる。安心しろ」

◇

「ごきげんよう、レディ・リリアン」

　少しかしこまったエリオットの呼びかけに、庭の花園で遊んでいた少女が顔を上げる。彼女はエリオットを見るなり、金茶の巻き毛を揺らしながら駆け寄ってきた。

「やっぱりあなたでしたのね。いらっしゃると思っていたわ。えーっと……」

「エリオット、とお呼びください、レディ。来ると思った、というのは？」

　エリオットが腰を折って丁寧に訊くと、リリアンの灰色の瞳がきらりと光る。

「お祖父《じい》さまは私が天使の話をするのが心配なんです、エリオット。今までさんざんいろんな家庭教師や司祭さまが来たけど、私の目を塞ぐことはできませんでした。だから次はきっと『見える』ひとが来ると思ってたところですわ。『泥棒を捕まえるのは泥棒にやらせろ』と言いますもの」

　彼女の言葉と声からにじむ理知の光に、エリオットは自然と笑顔になった。この少女ならきっと大丈夫だ。幽霊の見える人生は一筋縄ではいかないが、きっと彼女は自分を制御する術《すべ》を覚えるだろう。

　エリオットは敬意といたずら心を半々に織り交ぜて自分の胸に手を当てた。

「聡明なお嬢さんだ。しかし僕は泥棒は泥棒でも、たちの悪い泥棒なんだ」

「あら！　じゃあ、人殺しですの？」

神妙な顔で言われて、ついつい笑い出しそうになる。湧き上がる笑みを胸に押しこみ、エリオットはひょいと少女のほうへ手を伸べた。

「それもある。さらに……ほら、盗《と》った」

くるりと手首をひねり、己の袖《そで》に仕込んだ小さな赤い造花を取り出してみせる。コニーから習った簡単な手品だが、リリアンの目はみるみる丸くなった。

「まあ！　どちらから!?」

「君の胸から魂《たましい》を盗ったのさ。僕は悪い男だからね……おや？　これはまた随分《ずいぶん》花盛りの魂だな、盗りきれない！」

エリオットが目を見開いて手からほろほろ造花をこぼしてみせると、リリアンは頬《ほお》を薔《ば》薇《ら》色に紅潮させてぴょんぴょんと飛び跳ねた。

「すっごい！　すっごいすっごい！　もっと見せて、エリオット！」

すっかり年ごろの女の子らしい物言いになったリリアンににっこり笑い、エリオットは花畑の外で待つコニーを手招く。

今日は彼も、リリアンのために手品を仕込んでいるはずだ。

「だったら先生を呼ばなきゃいけない。おいで、コニー！　彼女の魂が盗りきれなくて大変なんだ。得意の魔法で手伝っておくれ！」

「エリオットさまは無理をおっしゃる」

コニーはわずかに眉を寄せ、落ちた造花を拾う。

「……土で汚れていますね。このままお返ししたら、無垢《むく》な心臓が汚れてしまう」

「だったら、どうなさるの？」

わくわくした様子のリリアンへ視線を移し、コニーは空いた手でくるりとナイフを回した。暖かな陽光が抜き身のナイフに反射してきらめく。

「まあ！　一体どこから？」

いきなり出現したナイフにリリアンが驚いている間に、コニーはナイフを逆手に持った。そのまま、勢いよく自分の胸に突き刺す。

「きゃ……!!」

「コニー!!」

エリオットもぎょっとして叫ぶ。手品だとわかってはいるが、幼い少女に見せるにはあまりにも刺激が強い。しかもコニーの演技がまた堂に入っている。

「う……ぅ、ぅ……」

青ざめた唇からかすれた苦痛のつぶやきをこぼしてよろめくさまは、もはや艶っぽいと言ってもいい。やめさせようとエリオットが険しい顔になった瞬間、リリアンが叫んだ。

「大丈夫です、コニー！　何も怖いことはないですわ!!」

「レディ・リリアン？」

エリオットが驚いているうちに、リリアンはしっかりとコニーの両肩を支える。そのまま彼に顔を近づけ、リリアンはしっかりとした口調で囁きかけた。

「大丈夫、落ち着いて。痛いのは一瞬です。あなたは天使になるのですから、何ひとつ怖いことなんかありません。あなたは今よりもさらに美しくなります。二度と痛いことは起こりませんわ。あなたは世界中に幸せをもたらします」

「レディ・リリアン……」

コニーがうっすらと目を開けてリリアンを見上げる。

「無理に喋らないで……きゃっ！」

優しく囁いた彼女の眼前で、ぽんっと真っ赤な造花の束が花開いた。

花は、コニーがナイフで刺した場所から出現している。

「……僕の血であなたの魂を浄化したら、やりすぎて、こんなに増えてしまいました」

「まあ……！」

目をぱちくりするリリアンに造花を渡し、コニーは透明な美声で告げる。

「受け取っていただけますか、レディ・リリアン。花よりも花のように美しいひと」

慣れた調子のコニーの口上に、あっけにとられていたリリアンにも笑顔が戻る。

「ありがとうございます。なんて素敵な魔法なんですの！」

「まだまだありますよ。全部あなたのための花です」

彼女が花束を受け取ると、コニーはさらに空中からぽんぽんと花の固まりを出してみせた。その優美とも言っていい所作に、リリアンはきゃっきゃとはしゃぐ。

「素敵、素敵！　他に何か出せますの？　本物の花や、小鳥なんかは？　逆に、消すことは？」

「本物の花は傷《いた》みやすいので難しいです。小鳥は、同じ小鳥が二羽いれば、出すことも消すこともできますが」

素直に答えるコニーに、エリオットは苦笑して声をかける。

「もういいよ、コニー。素晴らしい魔法をありがとう」

「はい」

コニーは従順に言って黙りこむ。

あり得ない場所から何かを取り出したり消したりする手品は、取り出すものをコンパクトにしてどこかに潜《ひそ》ませることが多い。造花なら小さく折りたたむことは可能だが、小鳥は折りたためない。その結果、そっくりな小鳥の片方をぺしゃんこに潰《つぶ》して隠すような手品があるのだと、エリオットはコニーに聞いて知っていた。

「素敵ですわ、エリオット。あなたも従者の方も、なんて美しくて素敵なんでしょう！」

何も知らずにはしゃぐリリアンに、エリオットは穏やかに話しかけた。

「少し悪い冗談が過ぎたようだが、君は随分と落ち着いていたね」

「コニーがナイフを使ったときのことをおっしゃっていますの？　だって私、死んだひとが天使になるのを知っているんですもの。何も怖くないわ。たとえば……あそこのひとたちも、死んでらっしゃるんでしょう？」

彼女が指さしたのは、花園の隅《すみ》で花の世話をしている庭師らしき幽霊だ。姿形からしてかなり昔の死者と見え、細部はふわり、ほろりとほどけがちで、エリオットも目をこらさないとよく見えない。

「ああ、そうだ。……今、死んだひと『たち』、と言ったかい？」

エリオットが訊いたのは、庭師がひとりしか見えなかったからだ。

ふたり重なってでもいるのだろうかと思い、エリオットは数歩花畑に入りこんで目をこらす。不思議なことに幽霊たち自身は他の幽霊が見えないこともあるようで、特に時代が異なる幽霊たちはべったり重なって生活していることもある。

しかし、庭師の幽霊はどう見てもひとりだ。ひとりで鍬《くわ》を振り上げ、振り下ろし、単純作業を続けている。

リリアンは答えた。

「ひと『たち』ですわ、エリオット。ひとりは寝ていらっしゃるみたい。でも、どちらの方もとっても綺麗。全身がきらきら輝いて、真っ白な羽が生えているんですの。ああいう方たちを見ていると、私は死ぬって素敵なことだなと思うんです。エリオットみたいに生きていても綺麗な方はいらっしゃるけど、死んだらみーんな綺麗になるんですもの！」

歌うような少女の声を耳に、エリオットは庭師の幽霊の足下をのぞきこむ。

やっと、エリオットにももうひとりの幽霊が見えた。

花に覆われた地面に、ふくよかな中年女の死者が横たわっていたのだ。

庭師の死者はのろのろと鍬を振り上げ、中年女の腹に振り下ろす。何度も、何度も振り下ろす。そのたび、中年女性の死者は口をOの字に開いて体を曲げる。これはどう見ても、同時代の死者だった。

おそらくは庭師が中年女を殺し、そのあとなんらかの理由で自分も死んだのだろう。その衝撃が忘れられないふたりは、ここで繰り返し、繰り返し、殺害現場を演じている。

「エリオットさま」

いつしか傍らに添っていたコニーが心配そうに囁く。

エリオットは少し青ざめた顔で、ふたりの死者から視線を離さずつぶやいた。

「大丈夫だよ、コニー」

実際のところ、こんな光景には慣れていた。

きちんと葬儀と埋葬を済ませば幽霊はこの世界に残らない。残ってしまった幽霊も、死んだばかりなら花を飾り、聖句を囁いてかりそめの葬儀をするだけで旅立っていく。しかし、時間が経《た》てばそう上手くはいかない。言葉が通じる者も、通じない者も、世界には様々な死者が溢《あふ》れていて、エリオットひとりの手には負えない。

エリオットは視線を幽霊たちから引き剝がし、リリアンのほうを振り返る。

彼女はちょうど腹の辺りに、コニーの渡した花束を持っていた。

「どうかなさいました?」

おっとりと首をかしげるリリアンと、腹から内臓をこぼして死んだであろう足下の死者の姿が一瞬重なり、胸がむかつく。エリオットはそのむかつきを無理矢理飲み下し、穏やかに笑い返した。

「レディ・リリアン。死者が美しく見えるのは、きっと君の心が美しいからだ。天使たちは君に怖いことはしない？」

「天使が怖いことなんかするわけありませんわ！　天使なんですもの。……それとも彼ら、あなたには怖いことをなさるの？　エリオット」

屈託のない声で言われると、エリオットの胸もわずかにすっとする。密やかに深呼吸したのち、エリオットは彼女に歩みよって片膝《かたひざ》をついた。

騎士が姫君にするようにリリアンを見上げ、柔らかな美声で語る。

「僕は君より心が醜《みにく》いから、多少は怖いこともある。その代わり、怖いことをはねのける力もあるよ。君は『見える』ひとだから、特別に教えようか」

「特別ってすてき。聞きたいです」

わくわくと顔を寄せてくるリリアンの耳に、エリオットは囁く。

「僕は、心に剣を持ってる」

「剣？　それで天使を斬《き》るんじゃ嫌ですわ」

リリアンは少しがっかりしたようだ。だが、いつかこの言葉はリリアンにも届くだろう。そのいつかのために、エリオットは胸に手を当てて言う。

「天使は斬らないよ。天使は、けしてね。僕が斬るのは、もっと他の怖いものだ」

「――怖いものが多いんですのね。エリオットには。……痛いことも」

そう言うと、彼女はふとエリオットの両の頬をたおやかな手のひらで覆った。

灰色の瞳が近い。どこまでも澄んだ瞳――けれど、けしてもろくはない。まるで硬度の高い宝石のような瞳の奥から、鋭い視線が送りこまれてくる。

トゲだ、とエリオットは思う。

白薔薇のトゲ。水晶のトゲ。どこまでも清廉《せいれん》で、鋭く、真実を見抜く瞳。

彼女の瞳を見ていると心臓がむずむずする。すべての強がりと矜持《きょうじ》がぺらりと剝がれそうになる。なんて瞳だ。この子は怖いものを知らない。だからどこまでも鋭く、深いところまで入ってくる。

エリオットは息を潜《ひそ》め、彼女はやがて、彼の眼帯の上に軽くキスをした。

「私たち、お友達になりましょう？　エリオット」

「光栄だ。嬉《うれ》しいよ」

もっと気の利いたことを言いたかったが、なぜだか言葉が出てこない。やっとそれだけエリオットが言うと、リリアンは若草色のドレスを翻して軽やかに笑った。

「やったやった！　私もとっても嬉しいです。天使が見える紳士のお友達なんて、私にも羽が生えたよう！　ねえエリオット、私、お友達ができたら行こうと思っていた場所があるんですの。領地のすぐ隣にある、すばらしくロマンチックな修道院ですわ！」

エリオットはまだ少しばかり戸惑っていたが、リリアンは待ってはくれない。

「いいね、ロマンチックには目がないんだ。だけど、まずはお祖父さまに許可を得ないといけないいな。君を攫《さら》っていったと思われたら、僕が鹿《しか》狩りの鹿にされてしまうよ」

急な話にエリオットが釘を刺すと、リリアンはくすくすと笑い、小さな手を後ろで組んで大きく体を傾けた。

「もちろんですわ。だけど、お祖父さまはきっと『いい』とおっしゃるはずです。あそこに住んでる方たちとは古いお付き合いがあるんですもの。私も小さいころはよく遊びに行きましたの。前の侍女は呪いを怖がってお供をしてくれなくなったけれど、エリオットなら大丈夫でしょう？」

「……呪いと言ったかい、レディ・リリアン？」

あまりにさらりと出てきた単語を、エリオットは慌てて聞き返す。対するリリアンは、もうすっかり上の空だ。

「ええ、あそこに住む一族は呪われる運命なんだそうです。おかげでお若い当主さんも結婚が決まらず大変だという話ですわ。でも私は全然平気よ。さあ、出かけると決まったら着替えてこなくちゃ。ベティ、着替えるわ！」

まくしたてたあとはエリオットの反応など待たず、リリアンは蝶《ちょう》のようにひらり、ひらりと侍女のほうへ駆けて行ってしまった。

エリオットはしばし呆然《ぼうぜん》と彼女を見送り、深々とため息を吐く。

「修道院の呪いと言われれば『幽霊男爵』が黙っているわけにはいかないが……しかし、すごい子だ。彼女は本当に死者を恐れていない」

「……そうですね」

コニーの返事はどことなく消極的だが、エリオットは少し興奮気味に続けた。

「純粋無垢に育ったからこその奇跡だろうね。いやはや……あのまま育ったら、『幽霊男爵』の素晴らしい協力者になるかもしれないぞ。おそらくこれからは女性ももっと社会に進出する。彼女が表舞台に立つ日が来たら、人々は死の恐怖を完全に忘れることができるかもしれない。これ以上口にするのはなんだが、まあ、おそらく、すごいことになる」

「レディは素晴らしい方です。……ですが、注意なさってください、エリオットさま。どぶの中で育つ子どもには、腐った杏《あんず》の種が宝石に見えることもあります」

コニーの真剣な声が耳に引っかかり、エリオットは彼を見下ろした。

見慣れたグレーグリーンの瞳がエリオットを見上げている。だが、どこかがいつもとは違う。今の彼は、どこか妖精のような、すでに千年も生きてきて何もかもを知っているかのような。そんな目をしている。

「突然どうした？　レディ・リリアンは杏の形の宝石をかじって育った子どもだよ」

エリオットはコニーを安心させるよう、ことさら優しい声を出した。

コニーはじっとエリオットを見つめたままつぶやく。

「そうだといいんですが」

エリオットは少し首をかしげて彼を見つめた後、コニーの手を取った。

なんの抵抗もなくエリオットの大きなてのひらに収まった小さな手は冷え切っていて、かすかにふるえ続けている。

「おびえているね。何にだい？」

エリオットがぎゅっとその手を握ると、コニーも懸命に握り返してくる。まるで、溺《おぼ》れた子どもが命綱を握るような強さで。

コニーは不思議な目をわずかに伏せて、ふるえる声で囁いた。

「僕がおびえるのは、あなたをおびやかすすべてのものにです、エリオットさま」

◇

「ようこそ、ええと……」

「『幽霊男爵』とお呼びください。そしてこちらはレディ・リリアン」

にこやかにエリオットが言い切ると、わざわざ門まで迎えに出てきた青年はにっこりと笑い返した。あせたような枯れ草色の金髪に深い茶色の目をした若者で、歳は二十代半ばだろう。ひとのよさそうな笑顔だが、口の端がわずかにゆがんでいるのが気になった。最近笑い慣れていない徴《しるし》だ、とエリオットは思う。

彼が口を開きかけたところに、ひらりとリリアンが進み出た。

「ごきげんよう、アンディ・ウォレスさん！　お久しぶりですわね」

「ごきげんよう、レディ・リリアン。また来てくださるなんて嬉しいです。レディがもっと小さなころは、よく乳母に連れられて遊びにいらしていたんですよ」

アンディは腰をかがめて丁寧に一礼してから、エリオットに説明する。

なるほど、とうなずき、エリオットは辺りを見渡した。

「彼女が気に入るのはよくわかります。天使が舞い踊るような、美しい場所だ」

「おや！　……ああ、失礼。そう、彼女もいつもそんなふうに言ってくれました。実際には、なかなかおどろおどろしい伝説がある場所なのですが」

どことなく恥ずかしそうなアンディに、エリオットは微笑みかける。

アンディの反応の理由はよくわかる。ここはロマンチックどころか、どこからどう見てもおどろおどろしい幽霊譚《たん》に似合う場所だ。

　青空に映える修道院はロマネスクとゴシックが入り交じった古くさい建物で、大きすぎるせいであまり手入れができていない。かつて薔薇色だったであろう石はどれも真っ黒く汚れ、緑の芝生《しばふ》の上には朽ちかけた古い墓石がびっしりと突き刺さっている。あげくあちこちに柳が植えられているとなれば、晴れた真昼でも雰囲気は満点だった。

　そのうえ、エリオットには見えるのだ。

　黒い衣を引きずる修道女たちの列、その列をすうっと横切っていく怪しげな男たち、今はないブドウ棚を管理し続ける女に、ごく最近の流行の子供服を着た少年。

　辺りを徘徊《はいかい》する新旧の幽霊たちは、少しぎょっとするくらいに数が多かった。

　これでは生者の姿がかすんでしまうな、と思いつつ、エリオットは朗《ほが》らかに言う。

「不気味な伝説は大好物です。僕はロンドンではちょっとした有名人なんですよ。心霊現象や呪いに目がないヘンテコな奴だぞ、という評判でね。是非《ぜひ》とも、あなたの女子修道院の伝説についてお訊きしたい」

「なんと、ここが元女子修道院だったことまで調べていらっしゃったんですか!?」

　アンディは心底驚いた様子だが、エリオットはにこにことするばかりだ。これだけ修道女の幽霊がいればいやでも気づきますよ、と言うほどうぶではない。

「そういうことになりますか。さて、じっくりお話をお聞きしたいところですが、どうやらレディが痺《しび》れを切らしているようです。リリアン、どうしたんだい？」

エリオットが優しく問うと、リリアンはうふふと笑った。

「乙女心に敏感ですわね、エリオット。私、すぐにもあちらの広場に行きたくてうずうずしておりますの。あそこは私のお気に入り。可愛《かわい》い天使がたくさんいるんです！」

「なるほど。ウォレスさん、構いませんか？」

エリオットが問うと、アンディはもちろんです、と返した。

ならば、と、エリオットは影のように付き従っているコニーに耳打ちをする。

「お前がレディをお守りしなさい。何かあったらすぐに僕を呼ぶんだよ」

「はい、エリオットさま」

コニーは一礼し、リリアンは大喜びで飛び上がった。

「綺麗なお付きが増えましたわ！　行きましょう、生きた天使ちゃん！」

リリアンはコニーと侍女を連れて上機嫌で駆けていき、それを見送ったアンディとエリオットはゆっくりと修道院へ向かって歩き出す。

「これほどの建物を受け継ぐとなると、ご苦労も多いでしょう？」

当たり障《さわ》りないところから切り出すエリオットに、アンディもゆっくりと口を開いた。

「祖父が買い取ったのです。わたしの一族は、古くからこの辺り一帯の地主をしておりまして。祖父が場所も建物も素晴らしいと惚《ほ》れこんで、当時廃墟同然だった建物を整備して移り住みました。実際素晴らしい建物ではあるのです。ですが、たったひとつ問題がありまして。それが、『入るときはふたり、出るときはひとり』という伝説なんです」

「『入るときはふたり、出るときはひとり』、ですか」

「はい。由来はわかりませんが、中庭の石にそう刻まれています。祖父はまったく気にしなかったのですが、実際ここに住み始めてから、わたしたちの一族は結婚してしばらくすると片方が死んでしまうのです。ほぼ、例外はありません」

アンディは吐き出すように言い、沈鬱《ちんうつ》な修道院を疲れ切った顔で見上げる。

エリオットは注意深く訊いた。

「なるほど。……ほぼ例外はない、というのは？」

「双子だった叔母は、結婚した直後に妹のほうが亡くなりました。身代わりになったのだろうともっぱらの噂《うわさ》です」

「ふむ」

興味深い。

エリオットはステッキをもてあそびながら、案内されるまま修道院の回廊を歩いて行く。

アンディの背中は少し丸まっており、いかにも意気消沈といった感じだ。

「迷信など信じない、と言ってしまいたいのはやまやまですが、こうも前例があるのでは、わたしだって恐ろしい。それを理由に結婚をためらわれたとしても当然のことです」

「あなたと婚約なさっているお相手は、不安でしょうね」

「……わたしが婚約中だと、公からお聞きになったのですか？」

　わずかに頰を染めて振り返るアンディに、エリオットは優しく笑いかける。

「あなたがおっしゃったようなものですよ。それに、レディ・リリアンにもちらりと聞きました。彼女は呪いのことは知っているものの、怖くないそうです」

「それは……なんと申し上げていいのやら。レディ・リリアンは、本当に天使のような方です」

　戸惑う様子ながら、アンディの顔はいくらか明るくなったようだ。エリオットやリリアンの訪問自体が、多少の気晴らしになっているのかもしれない。

　呪いとはそもそも、ひとの心から発する。

　世界中を旅する父や親戚が集めた呪いの道具や話からエリオットが学んだのは、呪いは『お前を呪ってやる』という悪意そのものだということだ。悪意が向けられていると知れば、ひとは落ちこむ。落ちこみすぎれば病気になる。それが呪われた状態だ。

こんな田舎のこんな黒々とした館に住んでいる時点で、アンディが呪われやすい状態なのは間違いない。これだけの建物は売ろうとしてもなかなか買い手もつかないだろうが、別宅に入り浸るだけでも随分心持ちが違うのではないか。

あとはそれをどう伝えるかだな、と思いながらふと顔を上げ、エリオットはぎょっとした。気づけばアンディとエリオットは長い回廊を抜け、中庭を目の前にしていた。

「ここがレディ・リリアンのお気に入りの中庭ですよ。調子はどうです？　レディ」

穏やかなアンディの問いかけに、リリアンの朗らかな笑い声が響き渡る。

そしてその声のこだまのように、無数の笑い声が辺りに弾《はじ》け散った。

「最高の気分です！　エリオット、こっちへいらして！　ここには天使がいっぱい！」

空から注いだ光がリリアンの髪に当たり、きらきらと輝きながらこぼれ落ちていく。彼女が喋るたび、動くたび、辺りからは、きゃあきゃあ、あははという笑い声が盛り上がった。まるで、寄せては返す波のようだ。

エリオットは目を瞠《みは》って立ち止まっている自分に気づき、ゆっくりと笑みを取り戻そうとした。社交的に、明るく笑って、きれいな姿勢で歩いて行くのだ。そう、何が見えても、幽霊男爵は明るく優雅でなくては。

「――レディ・リリアン。ここは、まるで、天国だね」

アンディの横に立ち、透明な球体のにぎりのステッキを強く床に突き立てる。

そんなエリオットの足下に、わあわあ、うふふと笑いながら子どもの幽霊が転がり落ちてきた。黒い修道院に囲まれた四角い広場には子どもの幽霊がひしめいている。五、六歳の幽霊たちが広場の芝生を元気に駆け回り、二、三歳の幽霊たちが彼らに蹴散《けち》らされては転がり、十歳くらいの少女は呆然とした面持ちで新生児の幽霊を抱きしめてゆらし続け、その足下にやっと立ち上がった赤ん坊の幽霊たちがすがっている。

彼らの真ん中に、リリアンはまるで女王のように座っていた。苔《こけ》むした石の上にクッションを敷かせ、鮮やかな紫に染められたドレスの裾を広げた彼女は、飽き果てた表情の侍女と真っ青な顔色のコニーを従えて微笑む。

「素敵でしょう?　あなたに、是非ともこれを見せたかったんです」

「ああ……」

今度こそ声が出なかった。

なんと言ったらいいのかわからなかった。

今まで山ほどの死者を見てきた。爵位を継ぐまでは戦場を渡り歩くような青春だった。あえて死者の顔を見に戦争に行っていたようなところすらあった。だが、こんなにも、こんなにも子どもばかりの死者が集まっているのを見るのは、初めてだ。

幼すぎる子どもたちは無垢な顔で、ある程度以上の子どもは死んだ目をしている。間違いない。

この子たちは皆、ここで殺されている。

「わたしにはごく普通の中庭に思えますが、彼女には何が見えているんでしょうね」

アンディが不思議そうに言った直後、コニーの細い体がぐらりと揺らいだ。

「コニー！」

叫ぶが早いか、エリオットは中庭に飛びこむ。子どもたちが慌ててエリオットを避け、あるいはわざわざ足下に転がりこんできてけらけら笑う。エリオットは気にせず死者を踏みしだき、コニーの体を抱き留めた。

「すみません、エリオットさま。ここ……」

死者同然の顔色でつぶやく少年の頭を、エリオットは己の胸にかき寄せる。

「大丈夫だ。僕の心臓の音を聞いて」

囁きかけると、コニーは長いまつげを伏せて細く息を吐く。

「はい。はい……」

冷え切った体を分厚い胸に抱き、エリオットはしばしそのままでいた。コニーの体がほんの少しだけ温まるまで。

「どうしたんですの？　この子たちは悪さなんかしません。天使なんですもの」

リリアンは場違いなほど明るい声で言うが、エリオットは反応できなかった。

「大丈夫ですか？　具合が悪いようでしたら、すぐに使用人部屋に運ばせましょう」

あからさまに心配の色をにじませたアンディがのぞきこんでくる。

エリオットはコニーを抱いたままアンディの顔を見上げ、鮮やかな青い瞳をぎらりと光らせた。

「それより、ここには以前、何がありましたか？」

「以前？　……池のこと、ですか？」

びくりと震えて、アンディが答えた。エリオットは繰り返す。

「ここには、池があった。確かですね」

「ええ。それがどうか？　確か、この修道院を建てる前からあった池だったそうですが、祖父の代に埋め立ててしまったんです。どうしてもじめつきますし、夏になると虫も湧いて不衛生だという話になったそうでして」

不安げなアンディに、エリオットははっきりと告げた。

「ならば、修道院時代の資料に池のことが書いてあるはずだ。これだけの規模の修道院だ、図書館にあった本は残してありますね？　見せてください。それと、あなたの婚約者殿が結婚を渋っているのは、呪いの伝説のせいだけではありませんね?」

ぴくり、とアンディのまぶたが動く。彼は反射的に目をそらそうとしたが、エリオットの眼力はそれを許さなかった。エリオットは珍しく自分が熱くなっているのを感じる。

これは同情なのか、義憤なのか、自分でもよくわからない。

確実なのは、この中庭がとてつもない場所だということ。

こんなものを抱えていては、きっと『見えない』人間にも影響は出ているに違いない。気分が暗くなったり、なんとなく体調が悪くなったりするくらいならいい。少しでも死者の声に敏感な者なら、ふらふらと死に誘われてもおかしくはない。

この修道院の呪いは、けしてただの気のせいなんかではないのだ。

エリオットの強い視線の前にアンディの瞳は揺らぎ、彼は、ついに囁いた。

「あなたのおっしゃるとおりです。お客さまにはなるべく秘密にしておりましたが、この修道院には、確かに何かがいます。それも夜になると、猛烈に……駆け回るんです」

◇

「気づいたかい?」

ひどく近くで柔らかな美声が響いたので、コニーは思わず飛び起きる。

「すみません。僕は……寝ていましたか?」

慌てて周囲を見渡すコニーを、エリオットは少しだけ疲れた笑みで見つめた。

「ここは馬車の中だ。お前は修道院の中庭で倒れたあと、休んでいた使用人部屋で意識を失ったんだよ。そのあとレディ・リリアンを送るために一度公の屋敷に戻ったから、お前も置いてこようかとも思ったけれど……僕のわがままで、こうしてもう一度連れてきてしまった。また、修道院へ向かっているよ」

「エリオットさま。あなたは、どうしてそういうことをなさるんです」

「悪かった。ひとりであの修道院に戻るのは、さすがに勇気が必要だった」

エリオットが言うと、コニーは美しい顔を険しくする。

「違います! 僕が訊いているのは、今までエリオットさまが僕に膝枕をしていた理由です。あなたはどうして、ただの人形相手にそういうことをなさるんです? 誰かに見られたら誤解されます」

「なんだ、そんなことか。人形を膝に乗せたからといって死刑にはならないよ。気分はどうだい?」

事もなげに返すエリオットに、コニーは難しい顔になった。何度か何かを言おうと試み、結果として何も言えずに居心地悪そうに座り直す。

「……ふがいないところをお見せして申し訳ありません。気分は、大分いいです」

「修道院に戻っても平気そうか？」

「平気でなくとも、エリオットさまがそうしろと言うならそうします。……これから、どうなさるおつもりですか？」

徐々に気を取り直したのだろう。コニーの問いがいつもの調子に戻っていくのを聞きながら、エリオットは静かに返した。

「お前が修道院の使用人部屋で休んでいる間に、修道院時代の資料を入れてある図書館へ行った。これがまた凄まじい場所だったんだが、そこの主めいた修道女の幽霊は実に理知的でね。古い英語だったが、どうにか言葉は通じたよ。おかげで望む資料は得られた」

「あの修道院で起こったことの資料ですね」

「いや、その前さ」

エリオットはほんの少し皮肉げに言って、馬車の小窓のカーテンを除《の》ける。赤紫色に染まった日差しが四角く差しこみ、コニーはまぶしさに目を細めた。

エリオットも少しばかり目を細め、それでも外に広がる荒野から目をそらさずに言う。

「『入るときはふたり、出るときはひとり』。その謎は誰かに問わずとも、資料にすべて書いてあった。あの修道院に残る呪いの伝説とやらは、この辺りに古くから伝わる伝承だ。

『双子の片割れを捨てる池』の伝承」

「……なるほど」

エリオットの一言ですべてが腑《ふ》に落ちたのだろう、コニーはため息を吐く。

これ以上はあまり語りたくなかったが、語らずに内に秘めておいては呪いが解けない。

エリオットは馬車のリズミカルな騒音に乗せるように、緩やかに話し始める。

「双子や三つ子は世界中で生まれ、その運命は悲劇か奇跡に彩られてきた。特に人々が貧しい時代と土地では、双子はまがまがしいものとして扱われがちだ。双子のお産は危険だし、育ち盛りの子どもがひとり多いだけで、他の働き手が飢《う》えて死ぬかもしれないわけだからね。あの土地にはそもそも修道院が建つ前から大きな池があった。泥の深い池だったようでね。周囲の人々は双子が生まれるたびに、その池に、双子の片割れを捨てていたんだそうだよ」

「変わらないんですね、人間というものは」

コニーは淡々《たんたん》と返した。彼はロンドンのイーストエンド生まれ、サーカス育ちだ。ろくでもない人間は見慣れている。

エリオットはそのことが悲しくて、ぼんやりと笑いながら言った。

「人間も所詮《しょせん》は動物ということだ。最初は何者かが池で死んだ子どもたちを慰《なぐさ》めるためにほこらを建て、それがいつしか修道院になり、ただの地主の館となり、記憶を引き継ごうとして残された池は埋め立てられ、呪いの伝説だけが残ったわけだ」

エリオットが語り終えると、しばしの沈黙が辺りを支配する。

ガタガタという車輪の音だけが響く空間で、ぽつりとコニーがつぶやく。

「このことを、レディ・リリアンは？」

「まだ知らない。資料を調べているうちにいい時間になってしまったから、子細は報告すると約束して館に送り届けてきた。あとは我々でやろう。こんなことで彼女の瞳を曇《くも》らせたくはないんだ」

「はい」

即答して、またコニーは黙りこんだ。

今日の彼からは何かを考えている気配がする。拾った直後の彼は本当に人形そのもので、自分で思考するということを放棄していた。あのころから考えると大した進歩だが、リリアンのような生来の自信が彼の身につくことはないだろう。

エリオットは、半ば意識せずに口を開いた。

「……本当はお前にも、美しいものだけ見せたいよ、僕は」

「美しいもの」

「ああ。お前は幼いころからずっとずっと僕らに美しいものを見せ続けて、自分は鶏《にわとり》小屋みたいな家で丸まっていた。誰よりも美しいのに、お前の美はお前のものにならない。いつだって誰かに消費されてばかりだ」

初めて出会ったころ、コニーはきらびやかな衣装に包まれていた。サテンにスパンコール。サーカス衣装をまとった彼はまさに人形のように見えたものだ。

人々は川縁《かわべり》のテントで彼を熱狂的に迎え、その後むちゃくちゃに縛って鉄の檻《おり》に放りこみ、冷たい水に沈めた。ぎらぎらした大量の目がほの暗い期待と共に彼を見送り、誰ひとり、彼を助けようとはしなかった。当たり前だ、ショーなのだから。

美しいものの苦痛を、安全な場所で見守る珠玉のショー。

さらに言葉を重ねようとしたとき、コニーが途切れ途切れに話し出す。

「人形はそういうものです、エリオットさま。僕が美しく見えるなら、それは僕を作ったひととエリオットさまが美しい腕や目を持っているんです。僕はあなたに、至極安全なところから僕の美を見ていてほしい。本当は、こんなに近くにいるのは決まり悪いです」

「……まだ慣れないか？」

エリオットは優しく訊く。コニーが望むのは舞台と観客の距離なのだろう。なぜなら彼は、その距離でしか優しいひとと付き合うやり方を知らないから。

　コニーはぼそぼそと続ける。

「一生慣れないと思います。……一生というのは、エリオットさまが僕に飽きるまで、という意味ですけど。僕は、あなたが飽きてくださったらすぐに死ぬので」

「知ってるよ、コニー・ブラウン。泥の中から生まれた天使」

　少しでも何かが伝わるようにと祈って、エリオットは囁いた。

　コニーはかすかにうめいたようだ。戸惑いをたたえたグレーグリーンの瞳がこっそりこちらをうかがっているのを感じて、エリオットは笑う。

「まあ、僕は僕で早く君が僕に飽きてくれるように祈っている。そうなれば立派な独り立ちだからね。大きなパイを作ってお祝いしよう。それとも詰め物をした肉がいいか？」

「恐ろしいことを言わないでください……。そんなことより、これから修道院に戻ってどうなさるんです？　僕をこき使ってくれるんですよね？」

　すがるようなコニーに向かって肩をすくめ、エリオットは楽しげに告げた。

「もちろんその予定だよ。僕らはこれから修道院に泊めてもらう。資料から『入るときはふたり、出るときはひとり』が池のことを示していることはわかったが、これがウォレス一族の結婚に困難がつきまとう原因とも言い切れない。池で死んだ子どもたちの声にひきずられる人間はいるだろうが、それと結婚に直接的な関わりはないからね。夜に館を駆け回るという『何か』のことも気になる」

「『何か』。やはり、生きたものではない？」

「そうであることを祈っているよ。生きた猛獣をけしかけられるよりは、幽霊と相対するほうが大分いいから」

おしゃべりをしているうちに、馬車は修道院の門の前で止まる。

「本当に帰ってらっしゃったんですね。ありがとうございます」

ランタンを手にそう告げたアンディの顔は、昼間よりも真剣に見えた。

これまで修道院の伝説に惹《ひ》かれた者はいても、エリオットほど真っ向から取り組もうとした人間はいなかったのだろう。

彼に案内されて再び修道院に入ったエリオットとコニーは、アンディの案内で広い建物の奥へ、奥へと進んでいった。

「この辺りは、修道院の中でももっとも古い時代に建てられた部分です。ポルターガイスト、と言うのが今風なんでしょうか？　何者かが走り回るのも、この古い部分一帯になります。泊まり心地がいいとは思えませんが、できる限りの用意はさせていただきました」

アンディに案内された部屋をのぞきこみ、エリオットは上機嫌で手をすりあわせる。

「いいじゃないか！　いやはや、充分ですよ。実に雰囲気がある。ごらん、コニー。寝台がアルコーヴだ。ここは修道院時代の客室か、修道院長か、それに近い高僧が使った部屋に違いないよ」

「気に入っていただけてよかったです。何かありましたら、呼び鈴は生きています。呼んでくだされば、わたしが行きます」

アンディがほっとした様子で言う。エリオットは礼を言って彼を部屋から追い出したのち、寝台のそばにあるぼろぼろの呼び鈴の紐《ひも》を見上げた。

「呼び鈴で使用人じゃなく主《あるじ》が来るあたり、使用人はすっかりポルターガイストにおびえきっているんだろうね」

「ポルターガイストはかまいませんが、なんとなく湿った部屋ですね。安眠用のハーブを多めに枕の下に入れましょうか。あまり換気ができないのも気になります。二酸化炭素が多くなりすぎるかもしれない」

コニーは素早く部屋を点検して少し難しい顔をするが、エリオットはにこにこと返す。

「ここには二酸化炭素中毒で死んだらしき幽霊はいないから、ハーブだけ入れてもらおうかな。それでお前が先に寝台で寝るといい。『何か』が出るのは、夜中の二時ごろだそうだから、その前に起こしてあげよう」

「エリオットさま、そう言われて実際に主人の寝台で休むボーイがいたらどうします？」

「いたら僕が大変幸せな気分になるんだが、ここにはいないようだね？」

「当たり前です。ジェームズさんも怒りますよ。スティーブンスさんもですけど」

ため息を吐きつつ、コニーはエリオットの服装を動きやすいものにかえ、ベッドを整え、メイドから熱い湯たんぽを受け取って毛布でくるみ、安楽椅子《いす》の足下に置くなど、まめまめしく働いた。

エリオットはひとまず諸々《もろもろ》をコニーに任せ、自分は安楽椅子に座って図書館から借り出した資料の本をめくった。コニーの気遣いで快適になった夜の時間は、あっという間に過ぎていく。

「──そろそろか」

資料を確認するのにも飽きたエリオットが懐中時計を取り出すと、針はもうすぐ夜中の二時に到達するところだった。

安楽椅子の足下でうとうとしていたコニーが、はっとして顔を上げる。

「……すみません、僕、寝てました」

「人間である証《あかし》だな。具合はどうだい？　心身共に健康であるようなら、そろそろポルターガイスト見学といこう」

エリオットはコニーを優しくうながし、ランタンを手に扉を開ける。

ぎぃ、と音がして、細くランタンの明かりがこぼれた。

廊下は思いのほか狭い。この時代の建物はおそろしく石壁が厚いため、室内空間が限られているのだ。

ほう、と吐いた息が白いのを見つめながら、エリオットはランタンを持ち上げる。古風な明かりがべろりと窓を舐《な》め、色とりどりの花の形を浮かび上がらせた。

「見てごらん、コニー。この辺りに咲く花がステンドグラスになっている」

エリオットは言い、ステンドグラスの花に光を当てていく。宗教画ではないのにこんなにも凝《こ》った細工があるとは、随分と金のかかった建物だ。咲き乱れるコスモス、水仙、そして薔薇。ひときわ大きな白薔薇はレディ・リリアンを思い出させる。

リリアンは遠からず、誰よりも華やかに花開くだろう。その高貴な美しさの真ん中で一番輝き続けるのは、あの瞳だ。突き刺すように輝く、灰色の瞳。

あの鋭さをエリオットが思い出していると、ステンドグラスの薔薇が目を開いた。

そう。薔薇の真ん中に、人間の瞳が出現したのだ。

血走ったふたつの目の虹彩《こうさい》は、青。その下に唇が現れ、Oの形に開かれる。

「う、わ、ああああああぁあああああ!!」

壮絶な叫び声がたたきつけられ、エリオットはよろめいた。

「エリオットさま!!」

異常に気づいたコニーがエリオットの腕を引く。

エリオットは一歩、二歩下がって胸に手を当てた。その間にも、ステンドグラスに浮き上がった人の顔はぐんぐん盛り上がったかと思うと、やがて成人男性の姿になって窓から降り立つ。衣装は百年ほど前のものだろうか。地味すぎて定かではない。あえて没個性になるよう変装しているかのようだ。

彼について他にわかったことは、その瞳がおびえていること、口がずっと異様な叫びを上げていること、農作業用の巨大な鉈《なた》を手にしていること。

「おや、物騒なものを持っているね。大きな蜘蛛《くも》でも出たかい？　それともカエル？」

エリオットは青ざめた顔で微笑む。生者にせよ、死者にせよ、こちらが至極平然とした態度を取ることで落ち着く相手も多いからだ。しかしこの男はそうはいかなかった。

「あああああぁあおお、おおおお!!」

おびえたままの目に殺気を乗せて、エリオットに向けて鉈を振り上げる。

びりびりとステンドグラスが震え、ランタンの明かりが消えそうに揺らぐのを見て、エリオットは説得を諦《あきら》めた。

「下がれ!!」

コニーに一言鋭く叫ぶ。幽霊と直接やりあうことはめったにないが、やり方は少年時代に会得した。

意識を集中し、脳裏に剣を思い描く。その剣は白銀に輝き、刀身には聖句が刻んである。それを今、自分は手にしているのだ。

そう、この両手に持っているのは、ステッキではなくて剣——破魔の剣。

はっきりと剣の形を思い描いた後、エリオットは剣を抜く所作でステッキを振り上げた。

幽霊の鉈は容赦《ようしゃ》なくステッキに向かって振り下ろされ、カァン、という幻の音を立てて弾き飛ばされる。

「!!」

幽霊の男の目が大きく見開かれた。虚《うつ》ろな目の中にざらりとした恐怖が宿る。

直後、今度はエリオットの横顔に生臭い風が吹きつけてきた。

エリオットがステッキを構えたまま、左手をうかがう。そこには闇に沈んだ廊下があるばかり——では、ない。

闇の深層にぽっちりと、小指の爪ほどの大きさの白がある。

「……きぃぃぃやゃああああああ!!」

その白は耳をつんざく叫び声を上げたかと思うと、ぐんぐんと大きくなってきた。これまた口をOの字に開いた女の顔だ、とエリオットが気づいたころには、真っ黒な衣装を引きずった女の幽霊の全身があらわになる。彼女は凄まじい勢いで男の幽霊と重なり、手に手を取ると風を巻いて廊下を駆け抜けていった。

エリオットが呼吸を整えながら彼らを見送っていると、青い顔をしたコニーが必死にすがりついてくる。

「エリオットさま、ご無事ですか‼　僕も……僕にも、見え、ました……」

「大丈夫だ。怖い思いをしたな」

つぶやきながらコニーの肩を抱き、エリオットは幽霊たちが駆けていった方角を見守り続ける。幽霊たちが行く先々に生臭い風が吹き抜けるせいで、どんな人間にも聞こえる悲鳴めいた音が廊下に渦巻き、窓ガラスがビリビリ震えているのがわかる。

続いてがしゃん、と何かが壊れた音が響いたのを聞き、エリオットは囁いた。

「心の剣にひるんでくれる相手でよかったよ。追うぞ、コニー」

「……はい」

普通ならば震え上がっていそうなものだが、少年は気丈にうなずく。彼はエリオットがいる場所なら、たとえ地獄《じごく》の底でも平然とついてくるだろう。エリオットはエリオットで、恐怖よりも強い興味と義務感のようなものを感じている。

『見える』からこそ、見なくてはならない。そんな義務感だ。

エリオットとコニーはすぐさま幽霊たちの後を追った。ごおごおと風の鳴る廊下を駆け抜け、倒れた全身鎧《よろい》を飛び越え、ひとひとりしか通れない狭苦しい螺旋《らせん》階段を駆け下り、重い鉄扉を押し開け、ふたりはやがて見覚えのある回廊に出る。

「中庭だ」

エリオットは囁き、ぶるりと震えて円柱の陰に潜んだ。氷室《ひむろ》の真ん中にねじこまれたかのように酷《ひど》く寒い。かじかみかけた両手でステッキを握り直し、エリオットは中庭の様子をうかがった。回廊に囲まれた中庭は、例の場所だった。かつて、双子の片割れを捨てる池があった場所。

コニーはちっとも寒さを感じていない様子でエリオットの傍らに控え、わずかにかすれた声で囁く。

「エリオットさま。僕だけでしょうか、……庭が、見えません。代わりに……」

「……ああ、僕にも見えるよ。池だ」

エリオットは響きよい低音で囁き返した。

彼らの目の前に広がったのは、昼間とはまるで違う光景だった。

月光が差しこむ四角い庭にべったりと黒い水が見える。波ひとつない、よどんだ水の溜まり。その周囲には芝生の代わりに背の高い葦《あし》がぼうぼうと生え、コールタールを流したかのような池の縁には特徴的な大岩が突き出していた。

今は土に埋められ、てっぺんしか地表に出ていないはずの大岩に刻まれた文字は、『入るときはふたり、出るときはひとり』。

池の水面はたまにこぽり、こぽりと泡を吐き、泡が潰れるときには、あは、あはは、と、子どもたちの笑い声が途切れ途切れに響く。そんな中、修道院内を走り回っていたふたりの幽霊は、池の前にいた。壮絶な悲鳴を上げたまま、互いに取っ組み合いのような所作を見せながら、ずるずると池の中へと沈んでいく。

悲鳴と子どもたちの笑い声が入り交じり、ひときわ凄まじく勢いを増したのち、どちらも徐々に、徐々に小さくなり、ふつ、と、消えた。

コニーは思わずほっと息を吐く。

「……心中ですね。自殺でまともに弔《とむら》われず、幽霊になった……」

「コニー。まだだ」

エリオットが鋭く告げたのとほとんど同時に、ざばりと池から人影が姿を現す。

コニーは思わず息を詰めて目を見開いた。

現れたのは先ほどの男女――ではなく、黒い衣をひきずった女だけだ。女は口の中で何事かぶつぶつと言いながら回廊に戻ると、ぽかんと口を開ける。

そうして再びけたたましい悲鳴と共に走り出したのである。

エリオットは小さな竜巻のような風から帽子を守り、コニーは我知らずエリオットの腕にしがみついていた。

「……心中の失敗、でしょうか？」

幽霊の姿が見えなくなってから、コニーは慌ててエリオットの腕を放して問う。エリオットはしばし考えこんだのち、己の形よい顎《あご》を撫《な》でながらつぶやいた。

「そうだな。……ためしに、掘ってみようか」

◇

「それで？　池からは何が出てきたんですの？　昔の恋人たちの骨？」

きらきらと光の落ちる窓辺で、リリアンが興味津々《しんしん》の問いを投げる。

修道院に泊まった翌々日、エリオットたちは公爵家の屋敷にいた。滞在中の貴族たちはエリオットの途中離脱を半ば惜しみ、半ば面白がっているようだ。エリオットはまだ若い。

どうせリリアンの許嫁《いいなずけ》だなんだと噂は立つのだろうが、今はそれどころではなかった。

貴重な本をびっしりと天井まで収めた書斎で、エリオットは苦笑する。

「あなたにこんな恐ろしい話を聞かせるはずじゃなかったんだが、僕たちだけでは手詰まりなんだ。気分が悪くなったら、すぐに言ってほしい」

「私のコルセットはまだそんなに細くないから安心なさって。それに私たち、友達でしょう？　友達の頼みは大事にするものですわ」

そう言って瞳をきらめかせるリリアンは、あの夜を過ごした後に見るとことさらまぶしい。エリオットはやっと顔のこわばりが自然と抜けていくのを感じ、聖遺物の入ったステッキを握り直した。

「君はこの世で一番力強い友人だよ、レディ・リリアン。そう……幽霊たちの奇行を確かめたのち、修道院の使用人たちと中庭を掘った結果なんだが、骨は出てこなかった。ひとつもね」

「あら？　小さな天使たちの骨も、ポルターガイストの天使の骨も、どちらもですの？　じゃあ当時、きちんと池から引き上げて埋葬されたんでしょうか？」

愛らしく首をかしげる彼女を見守りつつ、エリオットはゆっくりと言う。

「いや、正式に埋葬された人間はあんなふうに幽霊にはならない。それに、骨は出なかったが、皮は出たんだよ。おそらくは百八十年ほど前の皮が、かっきりふたりぶん」

「皮。……百八十年前の人間の皮が!?」

少女の声は見事にひっくり返ったが、この内容を聞いた場合の反応としては図抜けて落ち着いたものだったろう。エリオットは少しほっとしてうなずいた。

「ああ。一見ぐしゃぐしゃになった革袋のようにも見えたが、間違いない。ひとの皮だ。僕は似たようなものをとある驚異の小部屋で見たことがある。怖がらせてしまったら申し訳ないが、これは科学的に証明できる。ある種の泥は生物の骨と肉だけを速やかに溶かし、皮だけをほぼ完全に保存するんだ。あの修道院の中庭から掘り出されたのは、髪の毛さえ残った立派な皮だった。男女ふたりで、手と手を取り合っていた」

「すごい……なんて……最高に、ロマンチックなんですの」

「……ロマンチック?」

ついつい聞き返してしまったが、リリアンは真剣そのものだ。

「ええ。だって、ふたりで互いを死ぬほど愛し合って、百八十年経っても手を繋《つな》いでいるんでしたわよね? ロマンチックすぎますわ!」

ほっとしていいのやら、眉をひそめるべきなのやら、なかなか予想外の反応である。

保守的な男なら眉をひそめるところだが、エリオットは違った。

彼は考え考え言う。

「確かにそうも取れる。しかし、なぜ女性の幽霊だけが池から逃れ出たんだろう？　次の晩も念のため見張ってみたが、幽霊の行動はまったく同じだった。この幽霊の男のほうは生きた僕に斬りかかってきたくらいだから、ウォレス一族の結婚を呪ってポルターガイストで殺害するくらいのことはしてのけるかもしれない。だが、なぜそこまでするのかがいまひとつ釈然としない」

「あら、そんなことですの？」

ひどく軽く返され、エリオットは驚いて顔を上げる。

「そんなことかい？　幽霊男爵としてはいささかお手上げ気味なんだが」

いささか無防備になった彼の顔をまじまじと見て、リリアンはころころと笑った。

「あなたって、たまにちっちゃな男の子みたいになるんですのね、エリオット！　そんなの、女がふたりいたに決まってますわ」

「女が、ふたり？」

オウムみたいに繰り返してみても、エリオットの頭にはさっぱり言葉が入ってこない。

女がふたりいるというのはどういうことだ。

自分が見たのは男女ふたりの幽霊だったし、池の跡から出た皮もふたりぶんだ。幽霊同士が影のように重なり合うことはあれど、姿形が違えばすぐに気づく。エリオットの目はとてもいいのだ。不思議そうな彼の目の前で、リリアンは平然と続ける。

「そう。女がふたりでひとりの男性を奪い合ったんじゃありませんの？　きっとふたりとも彼と一緒に天使になりたかったんですわ。ひとりはそれに成功して、片方は失敗。そのことを根に持った片方が、次こそは自分が愛《いと》しい男性と一緒になるんだ！　って頑張ってるんじゃありませんこと？　だから幸せな結婚を許せなくて、ウォレス一族のお嫁さんも呪い殺してしまうんですの。まさに、『入るときはふたり、出るときはひとり』ですわね」

『入るときはふたり、出るときはひとり』。

それはあの池に双子の片割れを捨てた伝承。

その文句を口の中で繰り返した途端、エリオットは脳天から電流を流されたような気分になった。屋敷の花園でコニーが言っていたことが脳裏に蘇《よみがえ》る。

——同じ小鳥が二羽いれば。

サーカスで行われる手品。その中でも花形は人体切断などの大技だ。人間を使う大魔術のとき重宝されるのは、双子——。

「レディ・リリアン!!」

「どうなさったの？　きゃっ！」

微笑む彼女を抱き上げ、小さい子どもみたいにくるくると回してから着地させ、エリオットは勢いこむ。

「双子、双子だよ。そうだったんだ、そのことを忘れていた。あの池は、いや、あの池の天使たちは、双子を呼ぶんだ!!」

◇

「その……あなたを疑うわけではないのですが、これで、本当に呪いが解けると?」

控えめに問うアンディに、エリオットはきっぱりと返す。

「ええ。これでこの家にまつわる呪いは消えるはずです」

「そうですか」

アンディはなおも不安げであったが、彼の腕に手をかけた女性は強い目をしていた。修道女の出で立ちをしている彼女が、アンディの婚約者だ。

エリオットがリリアンと話してから数日ののち。しっとりとした芝生のいいにおいが漂う春の夕べ、呪われた修道院に役者が揃《そろ》った。

すなわち、アンディと婚約者、エリオットとコニー。さらにこの一帯を担当する教会の司祭も、以前エリオットが泊まった部屋に顔をつきあわせている。

司祭は全体に皺《しわ》の寄った顔で穏やかに言った。

「わたしからは信仰を強く持つようにとしか言えないのですが、かつてこの修道院であったこと、さらには罪なき子どもたちのこととなれば、見て見ぬふりはできません」

実際には公爵の頼みを断れなかっただけだろうが、それでもいいのだ。本物の聖職者の葬儀がこの国の幽霊には一番効く。エリオットはなるべく穏やかに微笑んだ。

「ありがとうございます、司祭さま。ここが修道院であったころに起こった問題の心中事件については、資料は何ひとつ残されていませんでした。ですからこれから語るのは大部分が僕の想像ですが……」

そう前置きして、エリオットは自分の記憶をひもといていく。

実際には、心中事件についての資料は残されていた。

修道院図書館の司書をしていた修道女の幽霊、その記憶の中にだけ。

エリオットがリリアンの想像を修道女の幽霊に話して問い詰めると、彼女はどこか諦めたような、少しだけ嬉しいような様子でぽつぽつと語ってくれた。

『はっきりと何家とは申しますまい。とある身分のある家に女の双子が生まれたのでございます。ふたりの顔はうり二つ、好みも恋する相手も同じでありましたが、お姉様には少々奇行が多かった。何事にも極端で思いこんだら一途《いちず》そのもの、邪魔するものは誰でも蹴散らすようなところが、生まれつきあったのです。彼女の扱いに困ったご両親は、この修道院へ入れることにしました。ご存じのとおり、修道院は良家の子女が結婚するまで生活するにも、そのまま枯れ果てるまで軟禁するにも、非常に便利なところですから……』

さて、そのまま行けば少々極端な性格を持って生まれた女の悲劇で終わった話なのだが、この姉はなかなか頭が回り、己の望みをかなえるのに大胆だった。

修道院などに行ったら好きな男を妹に盗られてしまう。そんなことがあってなるものか、と思った姉は、いざというときのために育てていた毒草を妹の飲み物に入れ、そのせいで発作的に荒れくるった妹と入れ替わってしまったのだ。

我に返った妹は必死に「自分は妹だ」と主張したが、姉の演技が完璧だったのもあって、周囲はとっとと妹のほうを修道院送りにしてしまった。

さて、あとは姉にとってこの世の春、となるかと思われた。姉はいざ愛しい男と一緒になろうとしたものの、男は愛のおかげか、あっさり姉と妹の入れ替わりに気づく。

「……それで、その男性はどうなさったのです？」

前のめりで訊いてきたのは、アンディの婚約者だ。

修道女の装いをした彼女に、エリオットは品良く微笑みかけながら続ける。

「容赦なく、姉を捨てたのですよ。そして妹を救うために修道院に向かった」

「よかった……ならば、妹は救われたのですね？」

ほっとした様子で言う婚約者を、アンディは不安げに見た。

彼はこの館を幽霊が駆け回っているのを知っている。この話がめでたし、めでたしで終わらないのは、たやすく予想がつくところだろう。

エリオットは椅子に座り、ステッキの頭に両手を重ねて語る。

「ところが、姉の行動が一足早かった。姉は妹とそっくりの顔を生かして一足先に修道院に入りこみ……妹を殺して、例の池に捨ててしまったのです」

「なんてこと!!」

みるみる婚約者の顔は青ざめていき、アンディはぎゅっと彼女の肩を押さえた。

司祭は小さなため息を吐いて十字を切る。エリオットは皆を落ち着かせるため、声をことさら穏やかに響かせることにした。

「一歩遅れて到着した男は真相を知り、悲しみのあまり自分も池にはまって自殺しました。すべてを失った姉はそのあと完全に気がふれ、死ぬまで修道院で暮らしたという……周辺の記録から読み取れる『三人の幽霊の話』は、このようなものではないかと、僕は思っています」

「……ならば、あなたが見たという『逃げ回るカップル』は実際には、逃げ回る妹と恋人の男、その妹に成り代わりたくて完全に妹と重なって走り回っている姉の、三人の幽霊だったということですか……？」

まだどこか半信半疑で言うアンディに、エリオットは軽くうなずいた。

「ええ。池に入った時点でいったん妹カップルの幽霊は消え、池から出て行くのは残された姉の幽霊なのです。この家に不幸をもたらすのも、おそらくは彼女でしょう」

「いや、しかし、本当に……？　あなたを疑うわけじゃありませんが、あまりにも突飛な話だ。しかもそれを、これからやる茶番でどうにかできるというんですか？」

アンディは急に髪を振り乱して囁き始める。

エリオットは彼を慰めようとしたが、わずかに早く、婚約者が彼の手を握った。

「やってみたらいいじゃない。私はなんでもするわ。あなたと共に暮らせるのなら」

「……そうだな。そうだ、そう。やらないよりはましだ、どんなことだって」

彼女の手を強く握り、アンディは必死に自分に言い聞かせているようだった。エリオットはふたりを見つめながら、この間リリアンが言っていたことを脳内で繰り返す。

『ふたりを引き留めているのも、あの館で幸せになるカップルを邪魔しているのも、お姉さんだと思いますわ。お姉さんを外に出してあげれば妹と恋人は自然と死者の国へ行くはずです。だって、それが人間にとって一番幸せなことなんですもの』

リリアンは迷いなくそう言った。

エリオットはまだ、死んで死者の国へ行くことが人間の一番の幸せとは思えない。思えないが、今はリリアンの思いに賭けてみたかった。

「エリオットさま」

コニーが懐中時計から顔を上げて囁く。

エリオットはうなずき、優美な所作で立ち上がった。

「さあ——そろそろお時間です。廊下へどうぞ」

夕食にでも招くように、エリオットが扉を開ける。

アンディと婚約者がごくりと唾《つば》を呑《の》む音が聞こえたような気がした。その後ろに立つ司祭もまた、老獪《ろうかい》さの下に不安を潜ませているのがわかる。

皆がぞろぞろと廊下に出た直後、廊下に生ぬるい風が吹く。

まるで泥の溜まった古池の上を吹くような、どろりとした風が——。

「うううううううわあああああああ!!」

「きぃいいいい、ゃああああああああ!!」

男女ふたつの悲鳴が辺りの空気を震わせ、ステンドグラスにびりりと振動が走った。

婚約者がびくりと震え、アンディが彼女の肩を抱く。司祭の瞳が神経質にあちこちを見やる。そんな中、コニーとエリオットだけが、ステンドグラスからぬるぬると現れる男と、廊下の奥から駆けてくる女を正確に見ている。

「うああああぁぁあああ、邪魔をぁあああああする、な、ぁあああ!!」

男が叫びながら鉈を振り上げるのを横目に、エリオットは司祭に声をかけた。

「司祭さま、こちらへ来ていただいてもよろしいですか？」

「構いませんよ。幽霊とやらは見えているのですか？」

穏やかに言う司祭の頭に鉈が振り下ろされるのを見ながら、エリオットは微笑む。

「ええ」

振り下ろされた鉈はするすると司祭の頭をすり抜け、十字架のペンダントにぶち当たってぴたりと動きを止めた。さすが霊験あらたかというところか。宗教の力が強かったころの幽霊は、こういうところは扱いやすい。

エリオットが密やかに思った直後、風を巻いて修道女の幽霊が現れる。

「さあ、おふたりとも、こちらへ……今です、走って!!」

エリオットの声に従い、アンディと婚約者が廊下の真ん中に立つ。ふたりは幽霊のカップルと完全に重なった瞬間に走り出した。そう、幽霊のカップルと、生きたカップルがまったく同じように走っていくのだ。

エリオットは素早く彼らを追いかけ、声をかけ続ける。

「階段です、気をつけて……下についたら扉です。少し遅れています、急いで!!」

いきなりの激しい運動に、アンディの婚約者はいささかふらつく。それでも彼女は意志力だけで自分の身を立て直し、必死にアンディについて走った。

「もう少しです、頑張って……ああ、この回廊です、この先です!! さあ、池だ!」

果たして、一行は無事に昔池だった中庭にたどりついた。

ところが、中庭にはいつもと違うところがある。回廊の上の屋根に向かって、長いはしごがかかっていたのである。

「上れますか?」

エリオットの問いに、アンディは荒い息を吐きながらうなずき、婚約者をうながす。

「ここまで来たら、やるしかありません。……行こう、もう少しだ」

「はい。あなたが来てくれると、ずっと信じていました」

「……え?」

怪訝《けげん》そうな顔で、アンディが婚約者の顔をまじまじと見る。そこにいるのはもちろん、彼の愛しい婚約者だ。しかし、なぜだろう。先ほどまでとはどこか雰囲気が違う。

乱れていたはずの息はすっかりと整っており、青白い月光が思い詰めたような儚《はかな》い美しさを際立たせている。婚約者はもっと、健康的な美の持ち主だったような……。

アンディはおそらく、そう思っていただろう。エリオットには別のものが見えていた。

「コニー、わかるかい？」

「ぼんやりですが、わかるように思います。ふたりが、三人に、なりました」

コニーが中庭を凝視したまま囁く。その視線の先で、駆けてくるときはふたりにしか見えなかった幽霊たちがするすると別れていく。まるで、手品の種明かしのように。

男と女はひとりずつアンディと婚約者に重なって、手に手を取り合う。ふたりはすっかりと潤んだ目で互いを見つめ合い、助け合いながらはしごを登っていく。生前にそうしたかったであろうままに、池の外へ、修道院の外へと向かっていく。

残された女は、ひとり呆然と池の縁にたたずんでいた。

「そんな……なんで。なんで……どうして？」

か細い声でつぶやく女の幽霊に、エリオットは緩やかに近づいていく。

「ごきげんよう、お嬢さん」

「なんで？　なんで？　なんで？　どうして？　どうしてえええええ!?　許さない、許さない、許さないから!!」

叫んではしごに取りつこうとした彼女の腰を、エリオットは素早く抱きかかえる。

エリオットの腕は幽霊の腰にするりと食いこみかけたが、相手がエリオットの顔を見た途端に様子が変わった。エリオットの腕にはまるで生者を抱いているかのような感触が伝わり、女の幽霊は怒りにゆがみきった顔で彼をにらみつける。

人の顔はこんなにも醜くなれるのだな、と思いつつも、エリオットはひるまなかった。なぜなら彼は知っているのだ。人間はそもそも美しいものではない、と。

家族が死んだ後、そのあと預けられた親戚の家や学校、さらには戦場。様々なところで見てきた光景はけして美しいものではなかった。でも、それでも、人生の最期には穏やかな死への旅路が、眠りがある。エリオットは、そう信じたい。

だから彼はこんなときでも綺麗に笑う。

「美しいお嬢さん、どうぞ僕を見てください。僕もあなただけのものにはなれないけれど、今宵《こよい》はあなたのことだけを思います」

甘く優しく囁いて、そのねじれた唇にそっと己の唇を合わせようとする。

少しも恐れのない所作に、女の目は大きく見開かれる。血走った目がわずかに人の色を取り戻し、複雑な感情に潤んだ。

苦しかっただろう。悔しかっただろう。憤《いきどお》っただろう。彼女はおそらく、愛しただけなのだ。誰よりも強く、凶暴に、愛しただけ。

　エリオットの唇が触れそうになったそのとき、女の唇はわずかに震えて……いきなり、大きく開いた。

「私だけのものじゃなくちゃ意味がない!!　立ち去れ、クソ男!!」

　幽霊の叫びと同時に頭を鈍器で殴られたような痛みを覚え、エリオットはわずかに顔をしかめた。さらに粘《ねば》るかと思いきや、彼は素早く腕をほどいて跳びすさる。

「やはりそう思われますか。一途な方だ。でも、隙ができましたね？」

　少しの茶目っ気をこめて言うエリオットに、女の幽霊はいきり立つ。

「何を言ってんだ、このクソ男、この、この、この、この……な、何？」

　女はなおも呪いの言葉を吐こうとしたようだが、ふと自分の足が動かないことに気づいたのだろう。ものすごい形相のまま足下を見やると、そこには溢れんばかりの子どもたちの幽霊がいた。そう、彼女以前にずっとここにいた幽霊たちだ。

　泣くことしかできない小さな子も、つかまり立ちの子も、疲れた顔の少年少女も、みんながみんな、彼女にしがみついて囁く。

「お姉ちゃん、おいで」

「あなたも双子でしょう？　ひとりは出て行ったんでしょ？」

「じゃあんたはここにいよう？　みんながそれで、幸せになれるんだから」

「やめろ、やめろ、私はあんたたちとは違うんだ、私には好きな男がいるんだ、やめろ、やめ、やめろ……!!」

女の幽霊は引きつるものの、子どもたちの幽霊はあとから、あとから山盛りに飛びついてくる。彼女が身動きできなくなったのを見計らって、エリオットは振り向いた。

「では、司祭さま。死者たちに祈りを捧げていただけますか」

「お望みであればそうしましょう。それが私の役目ですから」

のんびりついてきて一息吐いていた司祭は、何も見えていない人間特有の顔で苦笑いし、穏やかに祈りを口ずさみ始めた。

この池にいる、すべての死者を旅路につかせるために。

◇

かくして修道院にまつわる呪いの物語は終わった。これから始まるのは、ただの退屈な田舎地主たちの日常だ。それが呪いよりも興味深いものかどうかは、エリオットには正直なところ判断しがたい。

リリアンもまた、そんなエリオットと同意見のようだった。

「じゃあ、あそこにはひとりも天使がいなくなってしまったんですの？」

「そういうことになるね、レディ・リリアン。残念かい？」

カントリーハウスの庭に敷いた絨毯《じゅうたん》の上に座ったエリオットが訊くと、花を摘《つ》んでいたリリアンは少しばかり考えこんだ。

アンディと婚約者の大脱出劇の翌々日。絨毯の上に他に用意されているのは、銀色の盆と庭に咲く花に柄を合わせたティーセット、まだ温かいトーストにクッキー、クランペットなどなど、華やかなお茶道具一式だ。

今日もまた、奇跡のような晴天である。

「残念だけれど……これで、あそこの呪いはなくなったのですわね？」

「そう。そのはずだ。ふたりは大層喜んで、式の日程を検討しているようだよ」

「なら、それでいいですわ。アンディは大事なお友達ですもの」

リリアンはきっぱりと言い、山盛りの花を入れた籠《かご》を手にしてエリオットの隣に座った。

彼女がせっせと花を編み始めるのを、エリオットはどこか親のような気分で見下ろす。

「君にはたくさんの素敵な友達ができるよ。もちろん、生きた友達が」

「生きていないと駄目かしら？　生きているひとは、すぐに醜くなってしまうから……」

リリアンは小さな眉間《みけん》に皺を寄せて言い、花から這《は》いだした小さな虫を見つめた。エリオットは横から手を伸べ、虫をそっと地面に放してやる。

「いつか醜さも面白いと思える日が来るさ。この僕が保証する」

「……じゃあ、エリオット」

思い詰めたような声で名を呼ばれ、エリオットは顔を上げた。

その頭上に、ぱさりと花冠が載せられる。

青空を背景にリリアンが笑っているのがまぶしくて、エリオットは目を細めた。

「そんな日が来るまで、あなたが私の友達でいてくださいな。あなたは生きていてもとってもきれい！」

「ああ……約束するよ。あなたが望む限り友達でいる」

エリオットは目に映るもののあまりの美しさに、少しぼうっとしながら言う。

リリアンはころころと笑い、ドレスを翻して跳びはねる。

「やったやった！　どんなことがあっても友達をやめちゃ嫌ですわよ。私が囚《とら》われのお姫様になってしまったら、きっとあなたが助け出してくださいな！」

子どもらしい要求に笑い、エリオットは立ち上がった。

将来彼女の夫になるひとには叱られるかもしれないが、彼女には『見える』友人が必要だ。修道院の事件に関わる前より、さらにその思いは強まっている。

彼は少女の前に片膝をつき、少しばかり真剣な声音《こわね》で囁いた。

「誓いましょう。いかなるときも、この魂はあなたと共に。困ったときはお気軽に、どうぞこの『幽霊騎士』エリオットをお呼びください」

「まあ、幽霊騎士なの！　じゃあ、首をなくさないように気をつけなくちゃ。あなたのお顔はとってても綺麗なんですもの」

リリアンは朗らかに言い、幼いサロメの顔で笑った。

4 病める人々と癒やしの手

「エリオット！　私の愛《いと》しい小さな紳士《しんし》さん!!」

「アレクサンドラ！　僕の愛しい冒険家!!」

互いに子どもみたいな歓声を上げ、立派な紳士と淑女《しゆくじよ》が抱き合ってくるくる回る。しかも堂々たるカントリーハウスの玄関ホールで、というのはちょっとどころではなく珍しい光景かもしれない。

その証拠に、わざわざ幽霊執事のジェームズまでがひょっこりと柱の陰から顔を出し、潜《ひそ》めた声で忠告してくる。

「アレクサンドラお嬢さま、いささかはしたないかと」

もっとも、エリオットはそんなことは気にしなかった。常識や礼儀よりも沸き立つ心にすべてを委《ゆだ》ねたい、そんな気分だったのだ。

彼は他の誰にも見せない切ない顔で、ぎゅっと抱きしめたままの女性の顔を見下ろした。

「お久しぶりです。しっかりお顔を見せてください。僕らがいつまでも子どもみたいだから、ジェームズが文句を言ってますよ」

対するアレクサンドラは結い上げたブルネットから後れ毛が出ているのすら気にせず、どことなく鋭い美貌《びぼう》に柔らかな笑みを乗せて囁《ささや》いた。

「あらまあ、相変わらず『見える』のね。ごきげんよう、ジェームズ」

「わたくしの名はスティーブンスです、お嬢さま」

返事をしたのは、アレクサンドラの視線の先にいた『生きた』執事のスティーブンスだ。幽霊執事のジェームズはその斜め後ろで微笑《ほほえ》んでいる。

「知ってるわ！　まあまああ、すごい骨だこと」

アレクサンドラはさらっと言うと、とっととエリオットを放してホールに飾られた恐竜の骨格標本に歩みよった。

ここはコッツウォルズにあるエリオットのカントリーハウスだ。イギリス貴族は貴族院で議会が開かれるシーズン以外は領地にあるカントリーハウスに帰り、狩りや釣りなどの社交を楽しむのが習慣となっている。

古い男爵家に伝わる屋敷はバロック様式の堂々たるもので、吹き抜けの玄関ホールには左右から階段が合流する。そして紋章を大きくあしらった大理石の床の上、自然と視線が向く中央に、よりによって骨があるのだ。

骨を見上げるスティーブンスの顔には明らかな不満が表れていたが、ジェームズのほうは年の功なのだろう、ただひたすらに穏やかな顔だ。

「タウンハウスから溢《あふ》れてしまったんです。鹿《しか》のトロフィーより趣味がいいだろうと思ったんですが、賛否両論で」

「私は好き」

エリオットの説明にアレクサンドラが即答する。

途端にエリオットは顔を輝かせ、再びアレクサンドラを抱きしめた。

「そう言ってくれると思ってました！　異国の香りがしますね……エジプト帰り？」

「東インドよ！　森に呑《の》みこまれている神殿を探検したの。その途中で井戸に落ちてね、ああもう、話すことがたくさん。とりあえず、喉《のど》が渇いたわ」

にっこり笑って言うアレクサンドラに、エリオットはすぐさま執事を振り返る。

「スティーブンス、大急ぎでお茶を頼む。書斎だ。コニーに持ってこさせてくれ」

「急がなくてもいいのに。私は逃げやしないわよ？」

アレクサンドラはくすりと笑って言い、エリオットは困ったふうに眉尻を下げた。

この人は昔からこうだ。親戚の中で一番エリオットと気が合い、エリオットの父に憧れていた。そしてその憧れのまま、結婚もせずに冒険の旅に明け暮れている。

「話の続きを早く聞かないと、僕がおかしくなってしまいそうなんですよ」

「あらあら、大した話はないわよ？　その井戸が実は秘密の通路になっていて、色々あってオランダに恩を売れたってことくらい」

「実に大したことがありそうだ。さあどうぞ、書斎という名の趣味の大部屋へ！」

エリオットはアレクサンドラを招いていそいそと書斎へ向かう。ロンドンのタウンハウスの書斎も充分に趣味の空間だったが、カントリーハウスの書斎はもはや博物館だった。壁際の棚にずらりと並ぶ珍しい動物たちの骨に、アレクサンドラは神妙に見入る。

「つくづく素敵な趣味ね、エリオット。この鯨《くじら》の骨はどこで手に入れたの？」

「すぐに調べますが、それより井戸の中で何があったかのほうが気になります、僕は」

「そうそう、秘密の通路の向こうに人魚がね……」

アレクサンドラがそこまで言ったところでコニーがお茶を持ってきた。

アレクサンドラは音のしそうな瞬《まばた》きをして言う。

「なんて可愛《かわい》い子！　生きてるの？」

「いいえ」

コニーは即答し、巨大なリクガメの置物が円盤を支える形の窓辺の円卓に、お茶の支度を調《ととの》える。アレクサンドラは不思議そうな顔でエリオットを見上げ、エリオットはすっかり困り顔になった。

「これには色々事情があるんですが、まずは話の続きを……」

そこまで言ったところで、今度はスティーブンスが扉をノックする。

「旦那《だんな》さま、お客さまです」

なんという酷《ひど》いタイミングだ。いっそ待たせてやるか、とエリオットが顔をしかめていると、アレクサンドラは少々慌てた様子になった。

「ごめんなさい、ご予定があったの？」

「どうせヴィクターです、ここへ通しても？」

「あら！　もちろんんよ、久しぶりだわ」

ヴィクターの名を聞いた途端にアレクサンドラのブルーグリーンの瞳がきらきらときらめく。エリオットと少しだけ色は違うが、よく似た印象の瞳だ。容貌自体がかなり似ているのかもしれない。

女性にしては少し高すぎる背丈と長い手足、切れ長な目、涼しげな面立ち。男装すればちょっとの間はエリオットと入れ替われそうですらある。

そのせいかどうだか知らないが、彼女とエリオットは人間の趣味も似ているようだった。家ぐるみで付き合っていたヴィクターはしばしばおてんばアレクサンドラに子分として連れ回されていたし、飼い犬が死んだことで落ちこんだアレクサンドラをヴィクターがそっと慰《なぐさ》めていたこともあった。

「エリオット、君がバイロン家のお嬢さんにふらちな真似《まね》をしたというのは本当か!?」

回想をぶち破るようにヴィクターが両開きの扉を開けて登場したので、エリオットはせいぜい満面の笑みを浮かべてやった。

「いきなり人聞きが悪いな。ごきげんよう」

「ご機嫌なのは君だけだ！　おっと……やあ、これは失礼しました。こちらは？」

　久しぶりの相手がわからず戸惑うヴィクターに、両手を広げたアレクサンドラが明るく微笑みかける。

「アレクサンドラよ、エリオットの従姉妹《いとこ》の！　忘れたとは言わせないわ」

「アレクサンドラ！　イースターの集まりに裏の巨木に登っていた!?」

「池に手作りのボートも浮かべたわ。元気そうね、ヴィクター！」

　ふたりは礼儀正しく軽く抱き合い、やっと窓辺へと移動する。かつては暗かった館は代々改装がなされ、今ではエリオットの背丈のさらに二倍ほどの窓がとりつけられている。本日はイギリスらしい曇天《どんてん》だが、それでも窓辺は随分《ずいぶん》明るかった。

「おかげさまで、友人のやんちゃと議員活動と父の友人への対応と将来の花嫁探し以外には心労もなく、元気にやっております」

　勧められるがまま、サイの上半身が後ろに突き出た形の椅子《いす》にヴィクターが座る。一足先に象の椅子に腰掛けたアレクサンドラは小さな悲鳴を上げた。

「心労だらけじゃない、かわいそう！　ねえエリオット、本当にバイロン家のお嬢さんにいけないことをしちゃったの？」

「さて、どうでしょう？」

ちら、とエリオットが傍《かたわ》らに視線をやると、いつの間にやら背後にたたずんでいたジェームズが耳元に囁きかけてくれる。

「一度も同じ会に出られたことはございません。社交界デビューしたてのお嬢さまで、おそらくはエリオットさまのお噂《うわさ》だけで夢を膨らませていらっしゃるのかと」

「……彼女は社交界デビューしたてのはずだ。そんなうぶなお嬢さんにとって僕は劇薬だから、周りがガードしてくれているはずですが」

ジェームズの受け売りをしれっと喋《しゃべ》ると、ヴィクターが上目遣いで訊《き》いてきた。

「会ったことはあるんだな？」

「ないよ」

「なんだと？」

あっけにとられる友人の顔がおかしくて、エリオットは笑いながら答える。

「一度も会ったことはない。それに僕は結婚する気はないんだ、自由を求める男はそんなお嬢さんには断じて手を出さない」

「エリオット……君という奴は、実に、破廉恥《はれんち》だな!!」

「手を出してないのに破廉恥になるのか。世の中は難しいですね、アレクサンドラ」

今どきあまりにも純な友人を好ましく思い、エリオットはアレクサンドラに囁きかける。

彼女は彼女で、神妙な顔を作って返してきた。

「どこも難しいものみたいよ、エリオット。野生動物たちだって嫉妬《しっと》で殺し合ったり同性愛にふけったり、色々なの。私の最新スケッチを見る？」

「是非《ぜひ》見たいです！」

盛り上がるふたりを前に、ヴィクターは完全に調子っぱずれな声を出す。

「待って！　待ってください、野生動物に、同性愛がある……？　あんな不自然なものが自然の世界にあるわけがないでしょう、とんでもないことですよ!!」

「ヴィクター、落ち着け。君には年中言っているはずだ、ひとは見たいものだけを……」

エリオットはなだめようとしたが、ヴィクターは生来穏やかな容貌を精一杯険しくして主張した。彼はどうしたってこの時代の常識家なのだ。

「いいや、聞かん！　君はどこまでも口が上手《うま》い。今まではいちいち丸めこまれてきたが、今日は違うぞ。バイロン家のお嬢さんの件だって噂が嘘《うそ》ならきちんと否定しろ。そんなだから真っ当な結婚相手が寄りつかないんだ。相手のお嬢さんにも迷惑だろう！」

そもそも真っ当な結婚相手を求めていないというのに、一体何度言えばわかるのだろう。

言葉を選んで沈黙するエリオットの代わりに、アレクサンドラがあっさり言った。

「あら、でも、はっきり言ったほうが先方に迷惑なこともあるわよ。多分バイロン家のお嬢さんは、エリオットが欲しいのよね？」

「欲しい、ですか!?」

まさか、女性がこんなことを言うなどとは夢にも思っていなかったのだろう。目を剝《む》くヴィクターに、アレクサンドラは品良く微笑む。

「そう。『結婚しない』と公言している相手が欲しければ、スキャンダルで追いこむのは有効な手段だと思う。捨て身の技だけれど、上手くいけば周囲がお節介を焼いてくっつけてくれることもある。相手の男性がスキャンダルに慌てるタイプなら望みはあるわ」

「だが残念ながら、僕は元よりスキャンダルまみれの『幽霊男爵』。真実を話してお相手を追い詰めるのは簡単だが、のらりくらりとしておいて僕がさらなるスキャンダルを引き受けたほうが、バイロン家のお嬢さんも安泰。そういうことだ」

従姉妹の援護射撃をありがたく受けてエリオットが言い切ると、アレクサンドラはどこかうっとりとした視線を送りこんでくる。

「いい男に育ったわねえ、エリオット。私の『剝製《はくせい》にしたい人間の男』暫定《ざんてい》一位よ」

「生きているほうがいい男だと言われるように、もっと話術を磨きます」

半ば本気でエリオットが言っている間に、ヴィクターはどうにか立ち直ったようだ。一度咳《せき》払いして仕切り直す。

「君の話術はどうでもいい……というか、いっそ黙っていたほうが話が進む。そう、そもそも君の独身主義が害悪なんだ。わたしと友人関係を続けたいなら今すぐ撤回しろ！」

「これまた難しいことを言い出したな」

ふむ、と腕を組むエリオットの肩に手を置き、アレクサンドラは身を乗り出した。

彼女がまとうのは細い首をしっかりと包む高い襟《えり》のドレスだったとはいえ、女性的な曲線が迫ってくるのはどきりとするほど色っぽい。ヴィクターは慌てて視線をそらしたが、彼女の台詞《せりふ》はさっぱり色っぽくなかった。

「ヴィクター、エリオットはまだ若いわ。男性の二十代半ばなんて赤ちゃんみたいなものじゃない。子育てのつもりで気長にやってみたらいかが？」

「わ、わたしは彼の親でも、教師でもありません！　いいですかアレクサンドラ、わたしはあなたのことも心配してるんですよ。ずっとひとりでご旅行されているとのことですが、本当ですか⁉」

ヴィクターの心配はアレクサンドラにも飛び火した。

この時代、身分のあるヨーロッパ女性の海外旅行はある程度自由だったが、危険が伴うのはもちろんだった。船や列車、馬車やロバでの長旅は体力のある成人男性にとっても過酷なのに、女性はそれをドレス姿で行うのである。身動きに支障があるからといって、貴婦人の証明であるドレスを脱ぐのは論外だった。後ろ盾がないと思われればあっという間に襲われてしまう。しかもアレクサンドラは婚期を逃しつつある二十代後半。

心配されるのも当然といえば当然なのだが、アレクサンドラはけろっとしたものだ。

「ひとりじゃないわ、メイドとガイドは一緒よ。そうだわ、聞いて！　私のメイドのオードリーったら、最初はフランスに行くのもしぶっていたのに、今じゃすっかり……」

彼女がいつまでも喋りそうな気配を察したのか、ヴィクターが真剣な顔で口を挟む。

「アレクサンドラ、聞いてください。女性は体の問題が色々あるでしょう。たとえばですが、危険な場所でヒステリーを起こしたらどうするんです？　ここで気絶してもわたしたちが介抱できますが、旅先ではそうもいかない。せめて結婚して、夫と共に旅立つのをお勧めします！」

「ヒステリー？　私、起こしたことないわよ。そうよね、エリオット？」

微笑んで視線を向けられると、エリオットも口を開かないわけにはいかない。

少々難しい話だな、と思いながら、エリオットは笑った。

「そうですね。あれは自由に生きる女性には起こらないんじゃないかと思っています。そもそもご婦人方が気絶してみせるのは、我々に支える役目を与えるための優しい嘘なんじゃないかな」

「は！　ばかな。ヒステリーは病気だぞ、エリオット。婦人病だ」

呆《あき》れ果てたようにヴィクターが鼻を鳴らす。

予想通りの反応だな、と思いつつ、エリオットは背後にたたずむコニーを振り返った。

「コニー、君が生まれた辺りではどうだった？　イーストエンドのご婦人たちは？」

「さあ。あそこじゃ男も女も同じくらい怒鳴るし、殴るし、体調不良や空腹で倒れもします。どれがヒステリーでどれが違うのか、僕にはあまりわかりません」

淡々《たんたん》と言うコニーに、ヴィクターはむっとした顔で立ち上がった。

「安宿の女主人たちと貴族のご婦人を比べること自体ナンセンスだ！　わたしは医者の実演で、女性のヒステリーによる気絶を見たことがある。治療法も見事なものだった。君がどうしても信じられないというのなら、一緒に見に行こうじゃないか！」

エリオットは少しばかり考えこんだのち、不意にうっすらと笑みを含む。

この時代、ヒステリーはよくある婦人病とされていた。ヒポクラテスの時代から存在するといわれているが、十九世紀後半になっても確固たる治療法はなく、診断すら医者によ る。エリオットが見るに、ほとんどのヒステリーはただの癇癪《かんしゃく》だ。天使であるはずの女性が怒りくるうことを受け入れられない家族が女性を医者に連れていく。ヴィクターが見たという派手な治療も怪しげなものだ。だが、何事も自分の目で見なくては始まらない。

エリオットは口を開いた。

「……いいだろう。あるかないかが怪しげな病気の真偽を見極めるのも、『幽霊男爵』の仕事といえるだろうからね」

◇

ごおごおと風が渦を巻いている。

ぽつ、ぽつと落ちてきた雨粒が顔を濡《ぬ》らすのを感じ、エリオットは振り向いた。

「雰囲気たっぷりだね、ヴィクター。しかし雰囲気だけの精神病院見物なら、ロンドンのベドラムでよかったんじゃないのか？」

「ばかを言うな。あんなものは悪趣味だ。わたしが見せたいのは真っ当な治療だよ」

続いて馬車から降りてきたヴィクターは言い、マントの襟をかき寄せる。

ここは北ウェールズ。辺りは町外れの荒野であった。街の灯《あかり》は遠くちかちかと光っているが、存外距離があることは今までの旅程で思い知っている。そんな場所にぽつんとたたずむのは三つの三角屋根を持つ小ぶりの城じみた建物で、向かう道には鉄をねじまげて作った『精神病院《アサイラム》』の文字を掲げたアーチが掲げられていた。

それを見上げたエリオットは、思わずつぶやく。

「『真っ当な治療』を見るにはおあつらえ向きの日だ」

「僕、取り次いできます」

お仕着せの外套《がいとう》姿でコニーが言い、ためらいなく陰鬱《いんうつ》な建物に向かっていく。ヴィクターと共にコニーの後を追いながら、エリオットはアレクサンドラがついてこなくてよかった、としみじみ思う。アレクサンドラは今のまま、果てしなく高貴で自由でいてほしい。彼女はヴィクターやコニーとはまた違った意味で、エリオットの星であった。

「どうした、コニー。手間取っているね」

アレクサンドラに思いをはせているうちに、エリオットとヴィクターは精神病院にたどりついてしまう。コニーはまだ玄関先で何やら話している様子だったが、エリオットに声をかけられて振り向いた。

「それが……」

白い顔にわずかな戸惑いを乗せてコニーが口ごもる。代わりに、扉を薄く開けて対応していた女性職員がぼそぼそと告げた。

「残念ですが、ホスキンズ博士は亡くなりました」

「亡くなった⁉　いつですか」

大声で訊いたのはヴィクターだ。

さも意外そうな彼とは対照的に、エリオットは落ち着いた態度で周囲を見渡す。

呆れるほど何もない荒野には、ぽつ、ぽつと死者がたたずんでいるのが見えた。病院の周りに死者の姿が少ないのは、病院で死んだものがきちんと葬儀を経て埋葬されている証拠なのだろう。何よりだ、とエリオットは思う。

幽霊のたまり場になっている病院を見るのは憂鬱だ。この時代の病院は診察機関というより医師の教育機関であり、そこの医者たちは出所を訊かずに解剖《かいぼう》用死体を買うことが少なくない。まともな葬儀と埋葬を経ずに売られた死体の主は幽霊になり、病院の暗い一角に泥水みたいにわだかまるのだ。

ここでは少なくともそういったことはないし、残酷で違法な人体実験なども行われていないらしい。なんならヴィクターの言うことは本当で、ここの治療は真っ当なのかもしれないな、とエリオットは自分の顎《あご》を撫《な》でながら考えた。

その間にも、ヴィクターと病院職員は喋り続けている。

「三日前です。葬儀も死亡記事もまだですから、ご存じなかったのですね」

「ええ、そうなんです。以前博士のヒステリー治療実演を拝見し、感銘《かんめい》を受けてお話を伺いました。そのときに、いずれこちらへお伺いすると約束を」

「そうでしたか。ですが、どういたしましょう。彼は、亡くなったので」

職員はいかにも陰鬱に言ったが、ヴィクターは持ち前のおせっかいと善良さで、ずい、と前に出る。

「お忙しいのでしょうか？　わたしたちにできることはありますか？　ホスキンズ博士の手際は本当にお見事でした。あの骨と皮のようなお体で、堂々たる指揮者のように患者のヒステリー症状を受け止め、催眠術と磁石で鮮やかに治療してみせていた」

「骨と皮」

口の中でつぶやき、エリオットはなんとはなしに頭上をあおいだ。

途端に、ぎょろりとしたまん丸な目と視線が合う。

「……おい、何を見ている」

ヤスリで金属を引っ掻《か》いたような声で、まん丸な目の持ち主が囁く。エリオットは彼から視線を離さず、帽子のつばに手を当てた。

「失礼」

「ん？　どうした」

エリオットの声にヴィクターが振り返るが、エリオットが反応しないと知るとすぐに職員との会話に戻っていく。

一方、エリオットの頭上にぶら下がった骨と皮の紳士は、忌《い》ま忌《い》ましげに吐き捨てた。

「本当に失礼だ、不躾《ぶしつけ》にじろじろ眺めおって。生きているうちだったら酸でめちゃくちゃに焼いてやるところだ！　ひとの死に際をニヤニヤ見物する奴はみんな死ね！　くそっ。何もかも上手くいかん。やはり人間、二度は死ねんか」

見れば彼は、三角屋根の高い位置にある窓からロープで首つりをしているのだ。彼は痩《や》せ細った指でロープを摑《つか》んでたぐり寄せ、するすると窓の中へと消えていった。最後にひゅっとロープが窓の中へひきこまれたのを見て、エリオットは確信する。

幽霊だ。

異様な動きと、首を吊《つ》っても死なない体がその証拠。

エリオットは幽霊が消えていった窓を見つめながら言う。

「死因をお訊きしても？」

「はい？」

いぶかしげに問い返す女性職員に、エリオットは視線を向けてにっこりと笑いかけた。

「ホスキンズ博士の死因です」

「病気です。他の病院から呼んだ先生も、そのようにおっしゃっておりました」

「他の病院の先生も。なるほど。……亡くなるとき、ホスキンズ博士は何か後悔されている様子はありませんでしたか？」

「後悔ですか？」

職員の顔はますますいぶかしげになるが、エリオットは問いを重ねた。

「そうです。未練が残るというか、不満が残るというか、そういう発言があったというようなことは？」

「…………さあ。私は、博士が亡くなるところに居合わせておりませんでしたので……」

「そうですか。だったらどなたか、ご遺言を聞いたような方は？　それと、あの三角屋根の下の部屋はどなたが使っておられるんでしょうか？　病室ですか？　それとも博士の書斎でしたか？」

「おい、エリオット、失礼だろう!!　どうしたんだいきなり、根掘り葉掘り」

ヴィクターがイライラと言い、エリオットを横に押しのけて前に出る。

「申し訳ありません、無礼なことを訊いてしまって。彼は変わり者ですが、礼儀知らずではないはずなんです。お悔やみ申し上げます」

「そのとおりです、僕はただの慈善家、っ、おっと！」

喋っているうちに突風が吹き、エリオットの帽子が危うく飛ばされそうになった。ヴィクターはちらとそれを見たのち、空を仰ぐ。猛烈な勢いで雲が流れていくのがわかった。上空は凄《すさ》まじい風だ。見るからに黒々とした巨大な雲がこちらへ向かっているのを見て、彼は難しい顔で女性職員に向き直る。

「ご相談ですが、しばしこちらで避難させていただくことはできませんか？」

「それは……」

女性職員がなおも難しい顔をしていると、病院の裏のほうから腰の曲がった下男らしき男が玄関へと走りこんでくる。

「こりゃあ来ますよ！　結構なデカい嵐がね。窓の補強はどうします？　あー……この旦那たちは？　博士のお客ですか？」

「そうなの。でも……」

まだためらっている職員に、ヴィクターは熱心に請うた。

「是非お願いします。ほんの一時で構いませんから」

ヴィクターほどの紳士に熱心に頼まれると、断る理由が見つけづらいのだろう。職員はしばししぶったのち、エリオットたちを精神病院に招き入れた。

「いやあ、しかしあのまま嵐になるとはな」

あっけらかんとヴィクターが言い、ワインの栓を抜く。ほとんど同時に立て付けの悪い窓がガタガタッと大きな音を立て、ヴィクターの肩がびくりと震えた。

◇

雨宿りを請うたヴィクターたち三人は最初は病院の応接室に通されたが、冷めたお茶を待っている間にみるみる天候は悪化した。この状態で客を追い返すのはまったく非常識、となったところで、女性職員はしぶしぶ医師が泊まりこむときに使う部屋へ三人を案内してくれたのだ。

外で猛烈に風が巻いている音を聞きながら、エリオットは優美に足を組む。

「僕には大体予想がついていたよ。そのほうがドラマチックだからね」

「現実はドラマチックなほうへ動くとは限らないぞ、エリオット」

「僕の周りではドラマチックに動くんだ」

軽口を叩くエリオットに軽く肩をすくめてみせ、ヴィクターは職員が用意してくれたワイン瓶《びん》を手に取った。

「ならばあれか？　これから嵐でこの施設のどこぞが壊れてわたしたちが駆けつけると、

とてつもない美女の患者が震えていたりするのか？　彼女は君に惚《ほ》れるんだが、実はヒステリーにかかってしまった亡国の皇女だったりするわけだ！」

「君は作家として一流とは言えないな、ヴィクター。ご都合主義過ぎるよ」

「ご都合主義なものか。ここの入院患者はみんな女性だ。いろんなひとがいるだろう」

無邪気に主張するヴィクターを見つめて、エリオットは少しばかり迷う。

この友人が誠実で善良なのは間違いない。同時に彼はあまりに保守的だ。下手な言い方をすれば反撥《はんぱつ》を買うのは間違いない。だからといって、安全だからと天気の話ばかりして過ごすくらいならとっとと首を吊ったほうがましだ、と思うのがエリオットでもある。

「……ヴィクター。僕はやはり、ヒステリーは疑ったほうがいいと思うね」

「またその話か。肝心のホスキンズ博士が亡くなってしまったんじゃ、石頭の君に説明をしてもらうこともできないな」

ヴィクターはむっつりした顔でエリオットと自分のグラスにワインを注ぐ。エリオットはグラスに溜まっていく赤い液体を見つめながら言う。

「けいれんや癇癪なら、男だって起こす。我々は、しばしば女性をか弱い天使という存在に押しこめすぎじゃないかと思うんだ。たとえばここ数十年、殺人罪で捕まった女性は極少ない。知っているかい？」

「そりゃあ知っているさ。警視総監は父の親友だ」

「なら、十七世紀末には殺人罪を着せられた女性が男性と同じくらいいたのも知っているね？　人々が女に人殺しはできないと決めつけたのは、ほんの最近なんだよ」

エリオットの声は静かに、淡々と響く。

ヴィクターは眉間《みけん》に深い皺《しわ》を刻んだままワイングラスを回している。

おおおおおん、と、窓の外で風が鳴いた。

彼には考える時間が必要だろう。考えて、考えて、すぐに考えが翻《ひるがえ》るわけはない。それでもエリオットのような死者の世界に近しい者は、天地がひっくり返っても『女に人は殺せない』なんてことは言えない。

沈黙がいささか重いものになり始めたとき、エリオットは部屋の隅《すみ》でたたずんでいるコニーに声をかけた。

「こんなときだ、お前もワインを味見してみるかい？」

「ご冗談はよしてください、エリオットさま」

当然のように言うコニーを眺め、エリオットは粗末な肘《ひじ》掛けに頬杖《ほおづえ》をつく。

「冗談だったらもっと面白いことを言うよ。今の僕らは遭難者みたいなものだ。限られた糧《かて》は分け合うべきだろう」

「もう食事はいただきました。充分すぎるくらいです」

コニーはかたくなだ。そこへ、話題が変わってほっとしたヴィクターが口を出した。

「あのキャベツのスープでか？　いいかコニー、エリオットの屋敷の待遇が悪ければ、いつだってわたしに言いつけていいんだぞ。それに出世する気があるなら、ワインの味は是非とも覚えなくちゃいかん。毒味が必要ならわたしがしてやる」

エリオットは優しく目を細めて彼を見つめ、コニーを手招く。

「おいで、コニー。ヴィクターは噛《か》みつかないよ。悪い幽霊とは違うんだ」

「また君はそういうことを言う！　死んだ人間は生きた人間に噛みついたりはしないだろう？　何せ、肉体がないんだ」

顔をしかめるヴィクターに微笑みかけ、エリオットも緩やかにヒステリーの話から意識を引き剝がした。長い足を組んで次に思い出すのは、三角屋根の窓からぶら下がっていた幽霊のことだ。

彼はこの病院の院長、ホスキンズ博士だった。応接室に飾られていた写真で確認したから間違いない。彼が幽霊になっているのは葬儀がまだだからだろう。

しかし、彼が「死に直そうとしている」のは、一体なぜだ？

自分の死を自覚していないのならともかく、彼は自分を幽霊だと知っていた。しかも死因は病死のはずだ。名誉ある死とは言えないかもしれないが、自殺よりはましだろう。なのになぜ、彼は死に直そうとする？

嚙みつかんばかりに怒鳴りつけられたことを思い出しつつ、エリオットは銀のシガレットケースを開けて葉巻を取り出す。

「嚙みつく幽霊がいないとは言えないよ。強い意志を持って生者に干渉し続けようとする死者はポルターガイストを起こす。それでも、生者の最大の敵は生者だけれどね」

「幽霊男爵が言うなら確かだな」

ヴィクターは笑い、ワインの香りを嗅《か》いで首をひねる。

「この香りは……何に喩《たと》えたらいいのかいまひとつわからんな。変わった匂いだ。松ヤニのような……ツンとしていて、刺激的で。植物的ではあるが、嗅いだ覚えのない……」

「それじゃコニーの教師にはなれないぞ。もっと詩的に頼む」

エリオットがからかうと、ヴィクターはむっとした顔で叫んだ。

「うるさい、わたしは君ほど詩人じゃないんだ！　味わいならばもう少し何か言える」

眉間に皺を寄せて、ヴィクターはグラスを口に運ぶ。

そのグラスを、不意にコニーが奪い取った。

「待って!!」

「おい、もうちょっと待ちなさい」

ヴィクターは呆れた調子で言い出したが、コニーはすぐにワインを口に含み、呑みこまずに床へ吐き捨てた。

グレーグリーンの瞳が暗さを増してエリオットを見上げる。

「毒です」

「なんだって!?」

叫んだのはヴィクターだ。コニーは彼のほうを向くと、べろりと薔薇《ばら》の花弁みたいな舌を出す。その舌と唇が明らかに震えているのを見て、エリオットはシガレットケースを床に放り出して立ち上がった。

水差しの水を空いたグラスに注いでコニーの唇に押しつけ、代わりにワインのグラスを奪い取る。試しに嗅いでみると、確かにワインの香りと入り混じってツン、とくる草のような臭いがした。

ヴィクターも慌てて立ち上がり、うろたえた様子で言う。

「いや、しかし、なぜわたしたちが毒を盛られなきゃならない？　殺される理由がないだろう！　それに、このワインは未開封だった!!」

「少し待て。解毒が先だ」

エリオットは淡々と言い、寝台の下に押しこまれていた洗面器に水を吐き出させる。何度か繰り返させたのち、真っ白なコニーの顔をじっと観察する。

「呑みこんではいないね？」

「……はい。大丈夫です」

「よかった。戦場ではモルヒネで吐かせた」

無感情に言いつつ、エリオットはコニーの頭をくしゃくしゃと撫でて自分の胸に押しつけた。コニーは少し決まり悪そうに瞬き、ぼそぼそと言う。

「コルクです、ヴィクターさま」

「コルク？　コルクが一体どうした？」

ヴィクターは落ち着かない様子で、おそるおそるワインのコルクをつまみ上げる。

コニーは続けた。

「注射器があれば、コルクを通して毒を仕込むことは可能です。ここは病院ですから、注射器くらい、いくらでもあるでしょう。手品でもよく使う手です」

「……信じられん」

コルクを見つめてうなるヴィクターを横目に、エリオットはコニーに声をかける。

「僕らが毒を盛られたのには必ず理由があるはずだ。どれだけ理不尽なものにせよ、理由はある。……コニー、痺《しび》れはどうだい？」

「弱まってきています。動悸《どうき》もしません」

答えるコニーは欠片《かけら》も恐怖を感じていないようだ。ただまっすぐにエリオットを見上げている。エリオットも浅くうなずき、焦る気持ちをそっと押しこめて目を閉じた。

考えろ。考えろ、考えろ。答えはもう『見えて』いるはずだ。

ホスキンズ博士の行動の意味は？

自分たちが毒を盛られた理由は？

「とにかく、犯人を捜さなきゃならん！　いや、告発か。とにかくここを脱出して……いや、駄目だ、外は嵐だし、市街地は遠い。わたしたちはよくてもコニーは辛いだろう。正々堂々と戦えば大抵の相手に勝つ自信はあるが、毒とはな……女の武器じゃないか」

ヴィクターは焦った熊《くま》のようにうろうろしながらぶつぶつと悪態を吐いた。

女の武器。

それを聞いたエリオットは、静かにまぶたを引き上げる。真っ青な瞳を冷たく輝かせて、エリオットは告げる。

「ヴィクター。僕らに毒を盛った犯人がわかったよ」

あまりにも急な宣言に、ヴィクターは目をまん丸にして怒鳴った。

「犯人が⁉　誰だ？　いや、違う、そうじゃない。なんでわかった？　また『見えた』とでも言うのか、君は」

「『見えた』のは被害者だ。我々に毒を盛った犯人は、ホスキンズ博士も殺害している」

「なんだって⁉」

　ヴィクターは完全に理解できない、という顔で叫ぶ。彼はさらに食ってかかろうとしたが、一息先にコニーが顔を上げた。

　彼の警戒しきった様子に気づき、エリオットも耳を澄ます。

「……しっ。静かに」

　ヴィクターに合図を出して声を抑えさせると、やがて、ぎし、ぎし、という足音が壁の向こうから聞こえてくる。足音を潜めて、階段を下りてくる音だ。

　エリオットたちにつられて耳を澄ませていたヴィクターも同じものを聞いたのだろう。声を潜めて囁きかけてくる。

「……わたしたちの様子を見に来ている。大した人数じゃない。わたしたちふたりで飛びかかれば、いけるぞ」

　エリオットはすぐさま首を横に振った。

「相手が銃を持っていたら危ないだろう。それに犯人の見当はついたが、まだ博士殺しのほうの証拠がつかめていない。ここは死んだふりをするほうがいい」

「正気か、エリオット?」

さらに反論しようとしたヴィクターの口を、エリオットはてのひらで塞いだ。その手を引き剝がそうとするヴィクターの顔をのぞきこみ、優しく微笑む。

「正気でなくとも、君は助ける」

安心しろ、と囁きかけると、ヴィクターはあっけにとられたようだった。

その間に、コニーはワイングラスの中身を床にぶちまける。さらにふたつのグラスを床に転がし、自分もワインだまりの傍らに転がった。

エリオットもヴィクターを引きずってそれにならう。まだあっけにとられたままのヴィクターは抵抗する間をつかめず、ぎくしゃくとエリオットたちの横に転がった。

ワインに混入された毒のツン、とする特徴的な臭いが鼻を突く。死の臭いだな、とエリオットは思う。戦争で負傷して草むらに転がっていたときも、死の臭いとしか言いようのない臭いを嗅いだ気がする。あれは一体なんだったんだろう。恐怖と諦《あきら》めが入り交じった気持ちでその臭いを呼吸していると、ふわふわと行軍していた死んだ兵の幽霊たちが足を止め、穏やかに笑って自分を見下ろしてくれた。

——待っているよ、と、彼らは言っていたものだ。

コン、コン。

何者かが扉をノックする。エリオットは我に返ってまぶたを閉じた。

しばし、重苦しい沈黙が辺りを支配する。ごおお、ごおお、と、巨大生物の咆吼《ほうこう》のごとき風の音が壁越しに響いてくる。ガタガタッ、ガタガタッと窓が揺れる。

そのうち、静かにノブが回る音がして、扉が開いた。

ふたり分の足音が室内に入ってくる。さして足音を控えようともしていない。エリオットは注意深く薄目を開ける。まつげの陰から見えた靴は、どちらも少し汚れた紳士物だ。

男か。

そんなことを考えているうちに、ひとりがエリオットたちを転がし、もうひとりが手際よく後ろ手に縛り上げていく。

「あの部屋でいいんで？」

声を潜めて訊いたのは、おそらくは玄関先でちらと出会った下男だ。

もうひとりは声を出さずにうなずいたようで、ふたりは協力して下男の肩にヴィクターの体を担《かつ》ぎ上げ、廊下へと出て行った。

コニーが薄目を開けてエリオットを見る。このままでいいのか、という問いだと感じ、エリオットは浅くうなずいた。とんでもないところに連れて行かれる可能性もないではないが、この三人ならどうにかなる。そういう自信がエリオットにはある。

やがて帰ってきた下男はエリオットを担ぎ上げ、もうひとりがコニーを担いだ。

ふうわりと宙に浮く不思議な感覚のあと、ぎしり、ぎしりと廊下の軋《きし》む音を聞く。やがて、下男は階段を上っていった。普通死体を置くなら地下室だろうに、と思いつつ、エリオットは胸の奥にぽっちりと希望の光が灯《とも》るのを感じる。

外から見た病院の造りを思い出したのだ。

これは、ひょっとしたらひょっとする。

「入れますよ」

下男があとから続く男に声をかけ、暗闇《くらやみ》の中にエリオットを放りこむ。

完全にもの扱いされ、したたかに肩を打ったのがわかった。悲鳴をぎゅっと奥歯でかみ殺すことには成功したが、これはしばらく痛むかもしれない。少し遅れて、コニーも部屋に放りこまれてきた。彼はエリオットとは比べものにならないくらい、完璧にぐったりしたまま床に転がる。

仕事を終えた下男は素早く扉を閉め、外から鍵をかけたようだ。彼ともうひとりの足音が遠ざかっていくのを聞き届けてから、ヴィクターがうめき声を上げた。

「うー……肉屋の牛になったような気分だ。奴らは紳士の扱い方を知らん」

「まあ、僕らも紳士に対する礼儀を欠いた登場をしているからね」

「登場？　誰が、どこに登場したって？　そもそも君は……」

こんなときでも説教を始めかけたヴィクターを遮《さえぎ》るように痛む腕を上げ、エリオットは部屋の奥に向かって声をかける。

「──お邪魔しております、博士」

「博士？　誰かいるのか。どう見ても物置だぞ、ここは」

妙な顔をしたヴィクターに、コニーが「しっ」と合図を送った。

「……いらっしゃいます。奥に」

コニーの囁きに何度も瞬き、ヴィクターは闇の奥に目をこらす。

「真っ暗だぞ。ガラクタしか見えん」

「チッ。ガラクタとはなんだ、愚《おろ》か者どもが」

たっぷりと毒を含んだ声が闇の中からたたきつけられる。それは、ヴィクターにはけして届かない老人の声だった。

ここには、ホスキンズ博士がいる。

信じて見つめ続けると、じわり、とエリオットの視界に明かりがにじみ、辺りの様子が明らかになってくる。深く傾斜した天井、所狭しと置かれた木箱の類《たぐい》、壁に立てかけられた枠だけのベッド、うずたかく積まれた縄。

唯一何も置かれていない壁面には、特徴的な丸窓があった。

間違いない。ここは、外から見たとき一番に目に入る三角屋根の真下の部屋だ。一見すると物置にしか見えないが、ホスキンズ博士の秘密の書斎だったのかもしれない。エリオットにはずらりと並んだ棚の向こうから光がこぼれているのが見える。

念のため、エリオットはヴィクターに問いを投げた。

「ヴィクター、明かりがついたのがわかるか？」

「明かり？　明かりなんてものはついてない。どこにもないぞ。趣味だけじゃなく目もおかしくなったのか、エリオット」

ヴィクターの答えに納得しつつ、エリオットはコニーを呼ぶ。

「僕の目はいつもどおりだよ。コニー、すまないが我々の縄を解いてくれ」

「はい、エリオットさま」

いつもどおりの淡々とした声がして、ひらりとコニーが起き上がる。彼の手足はいつの間にかすっかり自由で、エリオットとヴィクターの縄を解くのもあっという間だった。あまりに魔法じみた手際に、ヴィクターは怪訝《けげん》な面持ちだ。

「ありがたい……が、君、自分の縄はどうやって解いたんだ？　天才なのか？」

「紅茶を淹《い》れるより、自分の縄を解くほうが慣れてますから」

事もなげに言うコニーを、ヴィクターはまじまじと見つめている。

エリオットはそんな友人を軽く押しのけ、コニーに声をかけた。

「コニー、すまないが、窓から外をうかがっていてくれ。犯人が逃げるかもしれない。街の方角を考えればここから見える可能性は高いと思うんだ」

「わかりました」

コニーは従順に窓辺へ向かい、ヴィクターはまだ不思議そうに手首を撫でている。エリオットはというと、着衣を整えながら棚の向こうへ歩を進めた。

「――ホスキンズ博士、あらためて自己紹介させてください。僕はちまたで『幽霊男爵』と呼ばれる者です」

「愚か者だが死人が見えるのか。目のいい愚か者だな。目だけ寄付してとっとと死ね」

すぐさまきつい言葉が飛んでくる。

協力的な死者でないことは最初からわかっていたが、これはなかなか難物だ。高圧的に出るのはあまりよろしくないだろう。ざっくりした変わり者の若造風に行っても、受け入れる余裕がなさそうだ。ならば素直に下手に出るか。

少々迷いつつも、エリオットはひょこりと棚の裏をのぞいた。

強力なランプの光を、細かな凹凸《おうとつ》をあしらったガラスのシェードが拡散させている。その光が無数のガラス製品にさらに反射して、クリスタルのシャンデリアでも光っているかのようだ。

まばゆいくらいのこの光は、ヴィクターには見えていない。ということは、エリオットが今見ているものは幽霊が引き連れてくる不思議な幻影なのだ。多かれ少なかれ、幽霊は生前見たものを幻として引き連れている。自分の気に入りの衣装やら、愛用の道具やら。

この博士が引き連れているのは、秘密の書斎の夜の光景。

棚にぴったりとつけられた長卓はきめ細やかな白い粉で覆《おお》われ、その上に粉まみれの本や帳面《ちょうめん》が積まれ、アルコールランプが燃え、フラスコの底で何かが煮立っている。棚にびっしりと詰めこまれたのは、木の皮や根、虫などの標本の類だ。

博士はその長卓の前に座り、白いシャツを着た背中をまるめている。

エリオットは雑多な棚を興味深く眺めながら続けた。

「ご心配なく、いずれ死にます。先ほども危うく死にかけましたしね。しかもそれがこの職員のせいだときている。『彼女』たちは一体どうなってるんです？　ヒステリーは博士のおかげで治っているはずなのに、衝動的にこんな乱暴をするなんて……」

「腐っとるのだ、みんなみんな腐っとる！　内臓が腐っているに決まっておる。だかろくでもないことをするのだ。こんなところにくすぶっていては、わたしの業績、わたしの名はどこに残る？　わたしの未来、わたしの名誉は？　死んだら何もかもおしまいだ」

博士はがなりたてながらも絶えず手を動かしている。しかしよくよく見ると、彼がやっているのは陶器の皿からフラスコへ、フラスコから陶器の皿へ、白い粉を移すだけの作業だ。博士の手はリウマチでゆがんでおり、移し替えるたびに大量の粉が卓に落ちる。

エリオットはわずかに目を細めたのち、優しい声を出した。

「あなたの業績は、充分に世界に知れ渡っていますよ。何度も治療実演のショーを開かれたんでしょう？　こちらの彼は、ショーを見てここに来たんです。そうだね？」

不意に話を振られたヴィクターは、目を白黒させてうなずく。

「あ、ああ、そうです。わたしはあのショーを見て、実に感銘を受けました……。なあ、エリオット、愚問《ぐもん》かもしれないが、君が話している相手は……」

「確かに愚問だ」

エリオットの一言でヴィクターは黙りこくり、ホスキンズ博士はわずかに顔を上げる。

彼は中空をしばしにらんだのち、再び粉を移す単純作業に戻ってぶつぶつ言い始めた。

「そうだったのか。ならば愚か者呼ばわりして悪かったな。しかし、あの商売はそろそろ畳む。偉大なる発見をしたからな。これは世界的な発見になる。わたしは歴史に名を刻むことになる。なる、はずだった。そう、なる、はず、だった。なる、はず。なる、はず、だった。なる、はず……」

途中で自分が死んだことを思い出したのかもしれない。壊れたオルゴールのように同じ言葉を繰り返し始めたホスキンズ博士に、エリオットはしごく親切な男の顔で囁く。

「博士。僕らは何かお役に立てますか？　あなたが真実を語ってくださるなら、それを世間に伝えるお手伝いはできるでしょう」

「世間に。世界に。わたしの業績を。研究の。そう。研究の、成果。そう……そうか。君たちがわたしの研究に惚れこみ、どうしてもというのなら、この新薬の発表を手伝わせてやらんでもない。とてつもない名誉だぞ」

エリオットの言葉で、ホスキンズ博士の背がわずかに伸びた。彼はやっとフラスコと皿を手放し、粉で真っ白になった指で棚の一角を指さす。

「完全なものは金庫にあるが、それが下書きだ。見てみろ。どうせわからんだろうが」

「拝見します」

エリオットはうやうやしく答えて棚から数枚の紙片を引っ張り出す。すっかり粉っぽくなったそれは、びっしりと手書き文字で埋まっていた。二枚目、三枚目とめくっていくと、木の皮と花のすばらしい細密ペン画が現れる。

「ほう。これは、額に入れて壁に飾りたいような絵だ」

「は！　無知な奴はこれだから困る。それには美術品以上の価値がある。そもそも美術品としては下の下だ、そんなものは」

「いえ、そんなことはない。僕のいとこの女性は植物画の蒐集家《しゅうしゅうか》ですが……」

そこまで言って、エリオットは言葉を切ってしまった。

彼が沈黙している間に、博士は思いきり鼻を鳴らす。

「女性!!　そうだな、女がやれる学問はせいぜいが花を集めるだとか、文学だとか、そういった類だ。それで満足していればいいんだ、身の程知らずどもが!!　女は女の役割を果たしていればそれでいい、それができない女は死ね!!　代わりはいくらでもいる！」

「なるほど」

エリオットはどことなく優しい無表情でつぶやいた。

珍しいほど、白く高温の炎に似た怒りが腹の底で燃えているのを感じる。

直後、コニーが声を上げた。

「エリオットさま、人影です！」

「誰か、裏口から出た。男だ！」

いつの間にかコニーと共に丸窓の外をうかがっていたヴィクターも言う。丸窓の外は相変わらず激しい風雨だが、ふたりで確認したのなら見間違いではないだろう。

エリオットは迷わず叫ぶ。

「そいつが博士を殺した犯人で間違いない。追うんだ！」

「間に合うかどうかは知らんぞ!!」

ヴィクターが叫び返し、扉に向かおうとする。

一方のコニーも、澄んだ声で告げた。

「僕が行きます」

「わたしのほうが速い、君はここにいろ！」

ヴィクターは怒鳴るが、コニーはエリオットを見ていた。どこまでも悟りきったような
グレーグリーンの瞳には、相変わらず恐怖もためらいも存在しない。

死ね、と言ったら死ぬ者の目だ。

エリオットはなるべく美しく見えるやり方で微笑んで言う。

「気をつけるんだよ」

「はい」

答えたコニーの顔には、一瞬だけあまりにも幸せそうな表情がよぎった。彼はすぐさま
丸窓に取り付くと、鍵を外して引き開ける。

どっ、と風雨が室内に吹き込み、木箱にかかっていた布がバタバタと音を立てる。

「うわっ!!　おい、コニー!!」

ヴィクターがぎょっとした様子で声をかけるが、もうコニーは聞いていてはいない。さっと靴と靴下を脱ぎ去ると、なんと、窓から外へと出て行った。

屋根の上を駆けて、最短距離で犯人を捕まえようというのだ。

「やめろ!!　この風雨だぞ、落ちたら死ぬ!!」

真っ青になったヴィクターが窓に駆け寄ろうとする。エリオットは紙束片手に棚の向こうから飛び出し、ヴィクターの腕を掴んだ。

「大丈夫。彼はきっと、大丈夫だ」

「エリオット」

ヴィクターはまじまじとエリオットの穏やかな顔を見つめたかと思うと、いきなり拳《こぶし》を固めて彼の顔面を殴りつける。

拳闘《けんとう》で鍛えた拳は重く素早く、エリオットは、ぐわん、と頭全体が揺さぶられるのを感じてよろめいた。その襟首をヴィクターが掴み、至近距離で怒りを噛みしめながら言う。

「君が、保証できることじゃない。あの子の神にでもなったつもりか？」

「……彼が……死ぬ、ようなことがあったら、僕が償《つぐな》う……そういうことだ」

じわじわと増してくる痛みを感じつつ、エリオットはぎこちなく返した。ヴィクターはそんなエリオットの顔をじっくり眺め、もう一度拳を作る。

「正気に返してやる」

「僕が正気であったことなんか、あったかい……？」

「黙ってろ、舌を嚙むぞ」

ヴィクターが忠告と共に二発目を繰り出そうとしたとき、今度は派手な音を立てて物置の扉が開いた。はっとしたヴィクターとエリオットが振り向くと、騒ぎを聞きつけた下男が凄まじい形相でたたずんでいる。

「お前ら……生きてやがったか!!」

うなるように告げた下男は大柄なうえ、小ぶりな両手斧《おの》を手にしていた。いくら小ぶりとはいえ、人間の手足くらいならたやすく両断できる代物だ。

「説教はあとだ、エリオット。君はそこで黙って見ていろ!!」

ヴィクターは素早くエリオットを突き飛ばすと、一切ひるまず拳闘のポーズを取る。

「死ね!!」

短く吐き捨て、どたどたと下男が駆け寄ってくる。ヴィクターは構えたまま動かない。

彼の目が闇の中で瞬きもせず相手を凝視しているのを知り、エリオットはそれ以上ヴィクターを見守るのをやめた。

エリオットには、彼にしかできないことがある。

彼はくるりと身を翻し、ヴィクターと下男たちに無防備な背中をさらしてホスキンズ博士に向き直る。博士は棚の向こうでひたすらに頭をかきむしっているようだ。

「ええい、うるさい、うるさい、うるさい!!　どいつもこいつもうるさすぎる。わたしの崇高《すうこう》な仕事を邪魔せんでもらいたい。女の舌は全部抜け!!　全部、全部、全部だ!!」

怒鳴りまくる博士はもはや正気とも思えない。今ここに女性はひとりもいなかった。だが、それでも、エリオットは彼に『ここに女性はいませんよ』とは言いたくなかった。

代わりに、薄い唇に慈愛にも見える笑みを浮かべて近づいていく。

「落ち着いてください、博士。あなたのノミより小さな忍耐力では耐えきれぬほど、リウマチが痛むのでしょう？　死を受け入れさえすれば、その痛みは消えるはずです」

死、という一言を聞いた途端、博士は椅子を蹴倒《けたお》して棚の向こうから顔を出した。その目は縦横無尽に血走り、口の端からは泡を吹かんばかりの勢いだ。彼は曲がった人差し指でエリオットを指さしてがなり立てる。

「死だと!?　わたしは死んではおらん。これから自分で死ぬことはあるかもしれんが、まだ死んではおらんのだ。君は見えているんじゃなかったのか？　その目は飾りかぁ!?」

エリオットは目を細めてゆったりと笑みを深めた。

相変わらず慈愛たっぷりの笑みに見えるのに、どこかとてつもなく冷えた笑みだ。

じんわり染みこむ毒のような瞳で博士を見据《みす》え、エリオットはひらひらと細密画の描かれた紙束を揺らす。

「残念ながら、僕の目は見えすぎるほどよく見えます。あなたのリウマチに侵《おか》された指では、こんな細密な絵は描けないこともよくわかる」

エリオットの言葉に、博士のぎょろ目が限界まで見開かれた。彼はそのままエリオットににじりよりながら、機関銃のように喋り出す。

「それはリウマチが悪化する前に描いた!! 新薬の研究報告書だ、これが世に出れば多くの者が痛みから解放される。そして、わたしは、大富豪だ!! 偉人だ!! 永遠に、この世界に、名が残る!!」

幽霊が歩みよってくる。どたり、どたりと無様に靴を鳴らして歩みよってきた幽霊が、エリオットの胸を冷たい指でかきむしろうとする。

エリオットは避けなかった。逆に、いきなり彼に顔を近づける。

ほとんど鼻と鼻が触れ合いそうな至近距離で、エリオットは甘く囁いた。

「名は残るでしょうね。ここに隠し署名を入れた女性の名が」

「……何？」

ぎょろん、と彼のぎょろ目が一回転する。

濁った瞳に映りこむのは美しい細密画。ペンで細かく描かれたそれの一角、エリオットが指さした一角に――確かに、アリほどの小さな文字が書かれている。

それは、女性名の署名だった。

「みえ、ない」

ぽそり、とホスキンズ博士が囁く。その耳元に、エリオットは言葉を放りこむ。

「ホスキンズ博士。あなたは、ご自分の助手の女性に、毒殺されましたね？」

「な、な、な、な、な……な……」

何を言う、そんなことがあるものか。

そう続けることはできなくて、ホスキンズ博士の目はぐるぐると回り始める。

ぐるぐるぐるぐる、めまぐるしいまでに目を回したかと思うと、いきなり彼の身長が半分になった。さっきまではっきりしていた容姿の端々が霧のようにほどけ、曖昧《あいまい》にたわみ、溶けた雪だるまみたいにエリオットの足下にわだかまったのだ。

エリオットはそれを見下ろし、形ばかりは穏やかに告げた。

「あなたの名は歴史には残りません、ホスキンズ博士。せいぜい死者の国で楽しくやってください。あちらも半数は女性でしょうが、あなたよりましな人間がほとんどでしょう」

「な、あ……あ…………あ…………」

言葉も発せられない様子の博士を前に、エリオットはすとんと無表情になる。そのまま振り返ると、物置には自分以外の人影がなかった。

「……ヴィクター？　コニー！」

すうっと肝《きも》が冷えるのを感じ、エリオットは慌ててふたりの名を呼びながら扉をくぐる。

素早く辺りを観察すると、狭い階段にはあちこち破損箇所が見て取れた。木製の粗末な手すりは数カ所へし折れているし、低い天井にも切り込まれたらしき跡がある。下男が斧を振り回した跡に違いない。

ヴィクターなら、彼の拳闘の腕前なら、と信じて任せたが、さすがのエリオットも勝手に全身の血が引くのがわかった。彼は全速力で階段を駆け下りた。一段、二段抜かしで飛ぶように一階へたどり着く。

そのとき、靴底にぶにっとした柔らかなものを感じた。

「うっ……」

かすかな苦痛の声を上げ、エリオットに踏まれた男が体を震わせる。腹をかばうように丸まって倒れているのは、先ほどの下男で間違いない。

「……よかった。生きているね」

エリオットは彼が生きているのを確認し、やっと少しばかりほっとした。

ヴィクターが死ぬのも困るが、彼が人殺しになるのも困る。階段を下りきったところに倒れている事実からして、下男はヴィクターと大立ち回りを演じて階段から落ちたのかもしれない。意識はあるが、痛みのあまり立ち上がることも大きな声を立てることもできないようだ。骨の数本くらいは折れているな、とエリオットは見当をつけた。

「あとで医者を呼んでやる。まともな医者をな」

下男に囁きかけ、急いで薄暗い廊下を行く。

ずらりと並んだ扉の向こうにも、鉄格子《てつごうし》で閉鎖された廊下の向こうにも、無数のひとの気配があった。それはそうだろう、大騒動だ。進路の先にある扉が薄く開いているのに気づき、エリオットはとびきりの微笑みを向ける。

「お騒がせして申し訳ありません、お嬢さん。悪い夢はもう消えますすよ」

息を呑む気配に、勢いよく扉が閉まる音が続く。

エリオットは歩き続け、玄関扉を押し開こうとした。ほとんど同時に、扉が外から開かれる。女の悲鳴じみた風の音と共に大粒の雨粒がたたきつけてきて、エリオットは思わず目を細めた。そんな彼の腕を、ヴィクターのたくましい手が掴む。

「エリオット!!　見てくれ!!」

「どうした、ヴィクター」

てのひらで顔を拭《ぬぐ》い、闇の中に目をこらす。ヴィクターは興奮気味の様子で、エリオットをつかまえたまま喋りまくった。

「女性だ!　女性だったんだ!　わたしが、見たことのある……以前、ヒステリーの治療実演に出ていた、患者の女性だ!!」

言われて彼の肩越しに外を見れば、コニーがひとりの男性を――いや、男装した女性の腕をひねり上げ、組み敷いているのがわかる。すっかりうなだれた体に力はなく、たおやかなうなじに結い残した髪が這《は》っているのが痛々しい。

思ったとおりの結末に、エリオットは苦いものを呑みこんで告げた。

「……手厚く扱ってくれ、コニー。彼女は患者なんかじゃない。ホスキンズ博士の、偉大なる助手だよ」

◇

がらん、ごろん、と盛大に教会の鐘が鳴っている。

嵐は去ったとはいえ、教会の尖塔《せんとう》が突き刺す空は曇天であった。低く垂れ込めた雲の下、葬儀の参列者たちが黒々とした服装でぽつり、ぽつりと教会へ向かっていく。

エリオットとヴィクター、コニー、そしてひとりの女性が、教会前広場を臨《のぞ》むパブの窓辺からそれを見守っていた。女性は弱い日差しを受けてきらめくグラスに視線を落とし、ゆるゆると口を開いた。

「……これで、博士は旅立たれるのですね」

「そうだね。もうすっかり人間のていを為《な》していなかったから、死者の国でどうなるのかは知らないけれど。そもそも僕は死者の国のことには詳しくないんだ。あそこから戻ってくる者はいないから」

「死者に詳しいだけで充分だと思います。知りすぎることは幸福とは限らない」

一言一言区切りながら言う女性に円卓ごしに微笑みかけ、エリオットは問う。

「君は一体どこで製薬の知識を身につけたのか、訊いてもいいかい？」

「本です。講義を受けることはできませんでした。私はただのホスキンズ博士の助手で、最初はメイドのような仕事をしていたんです。その前は、あの病院の入院患者でした。大変不道徳で乱暴な婚約者の男性を、花瓶で殴ったせいです」

「ほう。不道徳で乱暴な婚約者の男性を、花瓶で！」

エリオットが繰り返すと、ヴィクターは飲んでいたエールを噴き出しそうになった。咳《せ》きこみながら情けない顔になり、ヴィクターはエリオットとコニーを交互に見やる。

「なんだか恐ろしい話をしているな。女性がそんなことをするようじゃ、男はおちおち眠ってもいられないじゃないか」

「いいひとそうですね、この方」

女性はちょっと笑って言い、エリオットはにっこり笑い返す。

「いい奴です。間違いありません。ですが、やはり頭は固い」

くすりと笑うエリオットをどこかうらやましそうに見つめ、女性は続けた。

「頭が固くたって、ものわかりがよくて善《い》い人間ならそれでいい。でも、世の中そうはいかないのが問題なんですよね。『男を女が殴るなんてあり得ない』という考えの父が、私をあの病院に放りこみました。でも、私は病気ではありません。ホスキンズ博士に色々と仕事ができることを売りこんで、職員に格上げしてもらいました。最終的には、ヒステリーの治療実演の相手役もやったんです」

「あれはやはり、インチキなんだろう？」

エリオットが問うと、女性はなんとも言えない、味のある苦笑をする。

「もちろんですとも！　博士は催眠術すらまともにできませんでした。でも、ああやって派手に見せてあげると、インチキ治療でも『ヒステリーが治った』というひとが増えるんです。気の持ちようというやつですね。信仰に救われるのと似たようなもの、と自分に言い聞かせて、実演の相手を演じました。その対価として本を買ってもらい、自由時間は物置を使って、ひたすらに勉強をしたんです。元から薬学には興味がありましたから」

彼女のしゃべり方には明らかな知性のきらめきがあった。それは誰もが持つ宝石のようなオ能のきらめきのひとつだ。顔が美しいのも、心が柔らかいのも、刺繍《ししゅう》ができるのも、博打《ばくち》に勝てるのも、皆、きらめきのひとつのはずだった。

エリオットは考えながら相づちを打つ。

「なるほど。そうして、君は実際に画期的な新薬を開発する一歩手前までいった。……これは失礼な質問かもしれないが、君は新種の毒も作っただろう？　博士を殺し、我々にも使おうとしたあの毒は、最初から作ろうと思って作ったのかい？」

彼の問いに、女性は少しいたずらっぽく笑った。

「毒と薬は紙一重ですよ、幽霊男爵さん。もともと薬草には様々な効果があります。その中から役に立つものだけを強化するのが薬学です。私もそれを目指し、途中で副産物として毒もできた。それだけの話です」

「なるほど、勉強になった」

ため息を吐くエリオットを、コニーが心配そうに見上げる。

ヴィクターはエールのグラスを空にしてから、重々しく首を横に振った。

「しかし、それほど才能のある女性がこんな結末を迎えるというのは、なんともやりきれん。関わっているすべての男が阿呆《あほ》だ。新薬開発にしても、せめて共同研究者にするなりなんなりしたほうが博士にとっても都合がよかったんじゃないのか?」

「私もそう思いましたが、博士の考えは逆でした。……私、博士に殺されかけたんです、って言ったら、信じてくださいます?」

彼女の問いはエリオットに向いている。

エリオットは迷わずにうなずいた。

「そうだろうと思っていた。なぜかといって、君が博士を殺す利点はほとんどないんだ。それでも君が博士を殺さなければならなかったのは、博士が君を殺そうとしたからだろうと予測はついた」

「……奴は本物のクズだな。もしくはゴミ。こういうときに使う語彙《ごい》の少なさを呪うよ」

ヴィクターは鬱々として言い、そのままうなだれてしまう。コニーはちらと彼の様子を見ると、彼の前髪が触れそうになっているグラスを横にどけてやった。

女性はそんな男たちの様子を眺めてくすくすと笑い、左手にある窓を見やる。

「家から見放された私には、新薬を発表する手立てなんかありませんでした。唯一の方法は博士の協力を得ることでしたけれど、博士はのらりくらりと発表を引き延ばした。これはまずいな、と思って仲良くしている患者や下男を使ってスパイさせたら、彼が私を殺そうとしているのがわかったんです。……しょうがないから、殺しちゃった」

窓越しに教会を眺めながら、女性がつぶやく。

がらん、ごろん。

神の家から妙《たえ》なる音は鳴り響き、パブではがやがやと人々がさざめく。

エリオットは彼女にならって教会のほうへ視線を向け、ゆっくりと言った。

「殺すのには新薬が使われたため、医者も博士のことは病死と判断した。そうでなくともあの病院に『殺人』はあり得ない。博士さえ死ねばこのままうやむやのうちに病院は解体され、あなたには新たな人生が待っている。あなたはそう信じていたんだ。……僕らが来るまでは」

「……待ってくれ。色々と信じがたいことばかりだが、この病院に『殺人』はあり得ない、というのは一体どういうことだ？　ひとがいるかぎり、殺人はあるだろう」

おそるおそるといったふうに口を挟んできたヴィクターに、エリオットはさすがに少し呆れた調子で返す。

「君も『女性はひとなんか殺さない』と信じていたふしがあっただろう？　あの病院はヒステリー治療専門だ。女性だらけなんだよ」

「う……」

ヴィクターは低くうめき、そのまま再び押し黙ってしまう。

女性はしばらく辺りのざわめきを気持ちよさそうに聞いていたが、やがてあっさりと口を開いた。

「患者たちがヒステリーの末にやったことになるかも、という危惧《きぐ》はありましたが、殺人を起こすほど悪化した患者がいたなんてことになったら、博士の名誉に関わります。疑われるのは数名の男性職員くらい……のはずだったんですけどね。どこで間違ったのかな？そちらの紳士がロンドン警視庁の警視総監と知り合いだって話していたと聞いて、不安になっちゃったところかしら」

言い終えると、彼女は投げやりに笑った。

その、何もかも捨ててしまったような顔が少し悲しくて、同時に不思議なくらい魅力的に見えて、エリオットは力をこめて告げた。

「君はたくさん間違った。しかし、間違っているのは、僕らもだ」

心からの言葉だったが、彼女に通じるかどうかはわからなかった。

所詮《しょせん》エリオットは男で、貴族で、大抵の人間を踏みつけにできる立場だからだ。エリオットが彼女にいかに真摯《しんし》に語りかけようと、富めるものが気まぐれに施《ほどこ》すパンの切れ端のように思われても仕方がない。

実際、たっぷりの沈黙の後に、嫌そうな笑みと共に返ってきた言葉はこうだった。

「……私はあなたが嫌いです、エリオットさん」

エリオットはこっそりとため息を吐き、自分も微笑みを浮かべる。

「君が大嫌いな男性なのに、ちょっと惚れたくなるからかい？」

「わあ、本当に嫌な男。……で？　私との約束は、果たしてくださるんでしょうね？」

彼女の態度は愛想がいいとは言いかねるものになっていたが、エリオットは変わらぬ調子でうなずいた。

「もちろんだよ。君の薬は、君の名前で発表できるように尽力する。心の病に対する治療の発展に資するためにも、ありとあらゆる手を使おう」

「ありがとう。それについてはお礼を言わなくてはね」

少し低い声で告げ、女性はゆっくりと立ち上がろうとする。いち早くエリオットが立ち上がり、彼女の椅子を引きながら付け足した。

「君の死も事故死あたりに偽装して、葬儀と埋葬をしよう。こんな世界とは、早めにおさらばしたいだろう?」

女性は細部が曖昧なバッスルドレスを整え、真っ向からエリオットの目をのぞきこむ。ヴィクターは慌てて立ち上がるが、女性がどこを見ているのかわからない様子だ。

そう。彼女は幽霊だった。

このパブに入ってきたそのときから。

いや、本当はそのずっと前から。

あの嵐の日、コニーに取り押さえられた彼女をエリオットが助け起こしたときには、すでに隠し持っていた毒を呑みこんだあとだったのだ。解毒は試みたものの間に合わず、エリオットたちはなすすべもなく彼女の死を見届けた。

死後にこうして話すことができたのは、双方にとって少しは気休めになったかもしれない。少なくとも、エリオットにとってはありがたかった。

生前こうありたかったであろう、理知的で裕福な貴婦人の姿で、彼女は言う。

「そうですね。未練はありません。死者の国がここよりもう少しまともなところだといいなと、それだけを祈ってますよ」

「では、パブの出口まではお送りしましょう。僕にできるのはそれくらいですから」

「おい、彼女は帰るのか？　どうだ？　まだ男性全般を恨んでいる様子か？」

慌てたヴィクターが立ち上がり、パブの主《あるじ》に「旦那、そこの残ってるエールも飲んじゃってくださいよ！」などと声をかけられる。

女性はそんなヴィクターを見て小さく笑い、改めてエリオットを見上げた。

「ねえ、エリオットさん。あなたはそこまで聡明で、そこまで『見える』のに、どうしてこんな世界にとどまるんです？」

「難しい問いだな。多分……人間側にも『見える』者がいないと、真実が埋もれてしまうから、かな」

エリオットは真面目に考えて答える。

ところが女性は見るからにがっかりした様子で、美しいビーズを山ほど縫い付けた小さな鞄《かばん》を振り回しながらパブの扉に向かっていった。

「ふうん。結局人間の世界が好きなんだ。まあ、いいです。人生ってそんなものだわ」

エリオットはできる限り優雅な早足で彼女に追いつくと、パブの扉を押さえる。扉についたベルが、ちりんちりん、と耳に心地よい音を立てた。

エリオットは女性についてパブから出る前に、ちらと背後を振り返った。

パブに集まった男たちは、皆赤ら顔で楽しそうにグラスを傾けている。ヴィクターはようやく飲み終えたグラスをカウンターに返したところで、コニーはそれを見守りながらも、視界の端にしっかりとエリオットの姿をとらえているのがわかった。

柔らかな窓からの光が、コニーの金髪をきらめかせている。

それを見るだけで、エリオットの顔からは不自然な笑みが抜けていった。彼は穏やかな無表情になって女性を見下ろし、囁きかける。

「それともうひとつ、あるかもしれない。こちらにとどまる理由が」

「一応聞きましょうか?」

女性は片方の口の端を引き上げて、挑戦的に問うた。

エリオットは声を潜めて、彼女の耳元で答える。

「……手を繋《つな》いでいてくれるひとがいるから、というのは?」

「陳腐《ちんぷ》ね。でも、そっちの返事のほうが、私は好きよ」

女性は少し甘い調子でエリオットに囁き返し、たったひとりでパブの外へ出て行った。日差しの下に来ると、きっぱりとした手つきで日傘をさし、くるりと回す。

彼女が咲かせた日傘の花は生きた人々の間に紛れていき、すぐにエリオットの目でも彼女を見分けられなくなってしまった。

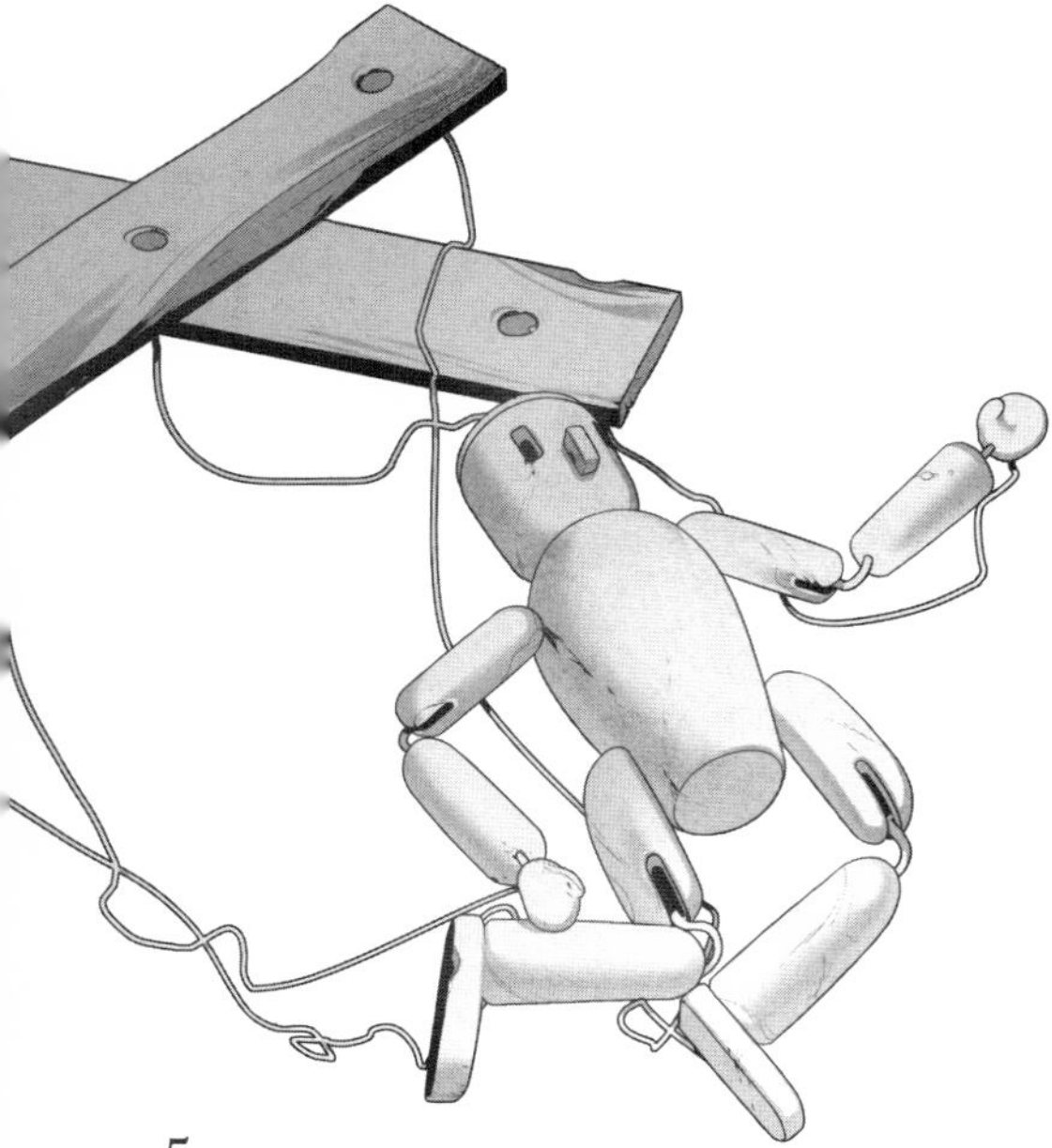

5　天井桟敷の天使たち

「休暇ですか」

コニーが聞き返すと、エリオットは十二歳の少年みたいな笑顔でうなずいた。

「ああ、一週間ほど単身でイタリアに行ってくる。その間、留守を任せるスティーブンスと、何を言ってもついてくるであろうジェームズ以外の使用人には、休暇をあげようと思っているんだ」

「不倫旅行ですね？」

挟むべき問いを三つほど省略してコニーが訊《き》くと、エリオットの笑みは少しだけ決まり悪いものになる。

「あまりに鋭い推理だが、どうしてそう思ったか訊いてもいいかい？」

「ひとつ、普通の外国旅行ならばエリオットさまは僕を連れて行くはずです。エリオットさまは僕に色々と経験を積ませてくださろうとしますから。ふたつ、幽霊男爵としての旅行でもエリオットさまは僕を連れて行くはずです。僕は幽霊男爵の助手ですから。となるとこれは普通の旅行ではなく、僕のためにならず、僕が役に立たない旅行、つまりは不倫旅行です」

エリオットから学んだ論法で言い、コニーは自分の主人の顔を見上げた。

彼の顔に少しでも不快の影を見つけたら、自分に罰を与えなければならないと思ったからだ。けれどエリオットはすぐに屈託のない笑顔を取り戻し、乾いた拍手の音を立てる。

「実に鮮やかだ、お前からの信頼を感じるよ」

「信頼というより忠誠ですが」

「どちらも素晴らしい宝だ！　とはいえお前には実家がない。というわけで、ランガム・ホテルとはいかないまでも、清潔なシーツと温かな食事を提供する下宿を用意した」

「人形にそこまでするあたり、エリオットさまは本当に変わっていらっしゃいますね」

心の底からの本心を告げると、エリオットは朗《ほが》らかな声で笑った。

「その点に関しては、ロンドン中の人間が君に同意するかもしれないな。さあ、今日はもう僕のお世話はいいから、使用人食堂でぬくぬくお茶でも飲みながら、楽しい一週間の計画を立てたまえ！　お前の羽を伸ばして乾かしてふかふかにするんだ！」

「かしこまりました、エリオットさま。ご温情に心より感謝をいたします」

コニーは恭《うやうや》しく答えたのち、立ち去る前にエリオットの顔をじっと見る。

若い主人の顔は今日も完璧に美しかった。男らしい精悍《せいかん》な顔立ちに甘い印象を添える真っ青な瞳はサファイアのよう。浮かべる笑みは圧倒的にまっすぐで温かい。ちまたで流行の冷淡で物憂《ものう》げな紳士《しんし》像なんてどこ吹く風、彼はかろやかに我が道を行く。

その顔をしっかりと目に焼きつけて、コニーはエリオットの書斎を辞した。

タウンハウスの狭い螺旋《らせん》階段を下りていくと、山盛りの花を抱えたメイドのメアリと出くわす。彼女はぱっと顔を輝かせ、花の横からどうにか顔を出して話しかけてきた。

「コニー、聞いた?」

「休暇の話だったら、今聞きました」

「そうそう、それよ、それ! 楽しみよねえ! コニーはどこ行くの?」

メアリの声はすっかり弾んでいる。彼女は十六歳、メイドの仕事は二年目だと聞いている。コニーは彼女の顔を見つめて淡々《たんたん》と答えた。

「ロンドンで過ごします。他の街は知りませんから。メアリさんは帰省でしょう?」

「もちろん! でも、あの、そう、お土産《みやげ》! お土産を買っていきたいの。ロンドン生まれのロンドン育ちだったらお店には詳しいわよね、コニー」

どことなく不自然な物言いを怪訝《けげん》に思い、コニーは少しだけ首をかしげる。

「いえ、全然」

「そうだと思った! じゃあ私が教えてあげるから、一緒に買い物に行きましょ。ついでにあなたの服も見てあげる。せっかく天使みたいな顔に生まれたんだもん、古着屋をたらしこんで、いいやつを一式揃《そろ》えましょ!」

にべもないコニーの返事にひるむ気配すら見せず、メアリはぐいぐい近づいてくる。

この子は自分と男女の仲になりたいのかな、それとも単に田舎っぽい親切心を発揮しないと生きていけないのかな。コニーはそんなことを考えてますます首をひねる。

コニーはメアリのことが嫌いではない。でも、好きにはなれない。

だって彼女には顔がないから。

コニーは少し目に力をこめて、じいっとメアリの顔をのぞきこんでみる。

「あら、何？　何かついてる？」

メアリは照れた様子だが、コニーにはその表情が見えない。お仕着せの紺《こん》のドレスから生えた首は、つるりとした木製の人形の首だ。視線を落とせば、メアリの荒れた手が花を抱えているのが見える。その手はちゃんと人間の手だ。

「メアリ、コニー」

コニーがメアリを観察しているうちに、スティーブンスの冷たい声が響いた。

コニーはとっさに姿勢を正して、食堂のほうから歩いてくるスティーブンスのほうを見る。びしっと決めた執事装束《しょうぞく》のスティーブンスも、顔は完全に木偶《でく》に見える。

木偶の顔をした執事がメアリとコニーの前に立ち、厳《おごそ》かに言う。

「……なぜわたしに呼ばれたかわかりますね」

「すみません、スティーブンスさん。もう二度と、仕事中に無駄口は叩きません」

メアリはすっかりしゅんとした様子で答えた。でもやっぱり、その顔は木偶だ。

コニーも彼女と並んで、スティーブンスに謝罪する。こういうときにすまなさそうな顔をするのにも慣れてきた。

「僕もです。申し訳ありません、スティーブンスさん」

「いいでしょう。メアリ、花瓶《かびん》に入れる前に花が腐らないように急いで。コニー、エリオットさまのお仕事は終わりましたか?」

スティーブンスはやたらとツンツンと言う。おそらく自分の若さと威厳の足りなさと、さらに大分若い主人の自由奔放《ほんぽう》さをばかにされないようにと必死なのだ。

貴族の世界もイーストエンドも結局メンツの世界だな、と思いながらコニーは殊勝に告げる。

「もう用はないから、食堂でお茶を飲むようにと」

「ならばそのようにしてください。それと、ひとつわたしから」

「はい」

コニーが緊張したふりをしてみせると、スティーブンスの口調がほんの少しだけ和《やわ》らいだ。

「台所に行って、みんなのぶんのビスケットをもらってくるように。食堂のテーブルにそれを置いたら、君も一枚、いや、二枚ほど紅茶と一緒に食べなさい」

「はい、スティーブンスさん。……ありがとうございます」

改めて礼を言ってみたものの、コニーの気持ちは今ひとつ躍《おど》らない。

みんながみんな、いきなり降ってきた休暇に浮かれているが、それはみんなが人間だからだ。人間同士なら相手がどんな顔をして、どんなふうに笑って、どんなふうに愛を語るのかも見えるのだろうし、相手を愛する気持ちも湧きやすかろう。

しかしコニーは人形なのだ。

人形の目にはエリオットの顔しかまともに見えない。彼以外を愛する手立てがない。

こんな視界を引きずって一週間も、一体どうしろというのだろう？

◇

エリオットがあてがってくれた下宿は、なるほど居心地がよかった。なんならお屋敷の部屋より居心地がいいくらいだ。なにせお屋敷の使用人部屋はフットマンの二人部屋のさらに端っこで、カーテンで仕切られている一角に過ぎなかったから。

対してこの下宿は屋根裏部屋だが一人部屋で、隣室の住人もおとなしい医学生、女将《おかみ》はコニーを一目で気に入り、朝から卵とベーコンを焼いたものが出る日すらあった。

「あら、コニー、今日はお出かけ？」

「シェリー夫人」

狭い階段を下りていくと、ちょうど女将に出くわした。やっぱり彼女の顔も木偶に見え、見てもなんの感情も湧かないし楽しくもない。こういうときはなんて言ったらいいんだっけ。コニーはエリオットが懇切丁寧に教えてくれたことを思い出す。

「せっかくのお休みですし、街に出ようかと思います。今までできなかったことをしに。昨日は浮かれて何も手につかなくって……」

「そりゃそうでしょ！　でもねえ、立派なもんよ。その歳《とし》からちゃんとお屋敷にご奉公してりゃ、果ては執事かもしれないわ。下手に散財しないで貯めこむのよ！」

「はい。ありがとうございます」

丁寧に言い、コニーは道に飛び出した。街路にはぬるい空気がよどみ、それをかきわけてガラガラと馬車が行く。昨晩の雨でできた水たまりから泥が跳ね、誰かが悪態を吐く。

今年は早めにカントリーハウスを出てきたから、季節は夏だ。田舎なら青々と輝く湖水も見えたろうに、ロンドンの空は相変わらずどんよりと曇《くも》っている。

コニーは少し足早に、いかにも用があります、というように歩き出した。そうしないとスリだのなんだののカモになるのを、充分知っていたからだ。

「今までできなかったこと」

口の中でぽそりとつぶやく。それって一体なんだろう。

できなかったことはたくさんある。たくさん、たくさん、たくさんある。

でも、コニーはサーカス団で人形になるまでのことをあまり覚えていないのだ。

一番初めの記憶は、冷たい水が足をさらったこと。じわじわと打ち寄せてくるテムズの流れに素足を浸したまま、幼いコニーはぼうっと夜が明けてくるのを見ていた。

真っ赤な朝日を無数の帆船《はんせん》のマストが突き刺しているのが、串焼きの串みたいだった。突き刺された朝日からこぼれた赤が、世界を赤と黒に染め分けていた。汚水も、川面《かわも》に張り出したボロい家々も、泥の中から金目のものを拾う人間たちも、残らず赤と黒だった。

きれいだ、と思った、ような気がする。

しばらくそうしていると、傍《かたわ》らで誰かが川面から顔を上げる。

――コニー。

その、囁《ささや》き。伸べられた手。

あのひとの顔は、木偶じゃなかったんだろうか。

コニーには、よくわからない。

懐かしい思い出に浸っているうちに、コニーは慣れた喧噪《けんそう》へと近づいていった。

「安いよ安いよ！　これだけあって、たったの一ペニー！」

「この肉の品質をごらん。骸骨《がいこつ》みたいに真っ白なこの脂《あぶら》を！」

「洒落《しゃれ》た帽子はいかが。今週末の観劇にもぴったり！」

道の左右にぎっしりとひしめく露店から、矢継ぎ早に声がかかる。

ウォータールー駅からすぐのこの通りには、労働者階級向けの市場が立つ。売られているものはまさに生活に必要なすべてだ。今日は金曜日、工場あたりに勤務している労働者は勤務中の時間だから、人出はそこまで多くない。これが土曜にもなると、日曜に向けてごちそうを買おうという人間が春の雑草みたいにおしあいへしあいするのだ。

コニーはぼんやりと露店を冷やかしていったが、特に欲しいものもない。

サーカスにいたときはいつも飢《う》えていた気がするが、それを不満に思ったことはなかった。だってコニーは人形だったから。人形はそもそも何も食べない。手品師が食べ物をくれると確かに体の調子はよくなったけれど、それは魔法だと思っていた。

アブラ、カダブラ、動けるようになぁれ。

「あの、旦那。これを買ってくれませんか！」

不意に大声で話しかけられ、コニーはゆるゆると瞬《まばた》く。

物憂げな視線の先にいたのは、小柄な男の子だ。まだ十歳にも満たないだろう彼は、籠《かご》の中にナスを並べて捧《ささ》げ持っている。ただの、生のナスだ。

コニーはぴんときて彼に訊いた。

「お父さんが売った、売れ残りを押しつけられたの？」

「えっ。……うん」

少年はびっくりしたような声を出す。顔はやっぱり木偶にしか見えない。でも、おそらくは、顔も驚いているのだろう。

こういった露店で商品を売っている連中はいわゆる呼び売り商人といって、朝早く市場で商品を仕入れて露店や路地で売り歩く、それしか生き方を知らない連中だ。子どもは親の姿を見て育つから、呼び売り商人の子どもは親と同じ仕事しか覚えない。

コニーの沈黙に何を思ったか、少年は勢いこんだ。

「旦那、頼むよ！　全部買ってくれたらオレ、オヤジに殴られないで済む。それどころかちょっと懐《ふところ》に金を入れて、早いうちに独立できるかもしれねえんだよ。未来のためだ！」

まるですれた大人のようなことを言う少年の顔を、コニーはしげしげと見つめる。

彼が木偶に見えるのは仕方ないとして、その木製の顔がやけに汚れているのが気になった。コニーはポケットの中の小銭を握りしめると、ふらりと目についた屋台に向かった。

そこで熱々のビーフパイをひとつ買い、ナス売りの少年に渡す。

「金はやらない。ナスもいらない。これをあげるから、今食べてしまえよ」

「あ、そう」

コニーの言い分に、少年は怒るでもがっかりするでもなかった。彼はあっさり施《ほどこ》しものを受け取ると、ナスの籠を抱えたまま猛然とパイに食らいつく。

「まだあったかいな、美味《うま》い！」

一瞬で喉《のど》の奥にパイを押しこんでから、少年は少し幼い声を出した。

その顔は相変わらず、ひどく汚れた木偶だ。お腹《なか》がくちてもちっとも汚れが取れない。

この子は長生きしないな、とコニーは思った。

コニーには、なんとなく死期の近い人間の見分けがつく。これは幽霊の見える見えないとはちょっと違って、自分が死にかけた人間を山ほど見てきたせいじゃないかと思う。

そういう相手は大抵、木偶の顔が汚れていたり、裂けていたりする。

コニーには、それを特別悲しむような趣味はない。人間はいつか必ず死ぬからだ。

だからコニーは目の前の少年を哀《あわ》れむでもなく、なんとなく問いを投げた。

「このへんで、何か面白い話はない？　幽霊が出るとか、そういうのがいい」

「幽霊？　なんで幽霊？　好きなの？」

「うん。暇つぶしだ」

コニーは自然に嘘《うそ》を吐く。幽霊が好きなのはコニーではなくエリオットだし、幽霊で暇を潰《つぶ》せるのもエリオットだ。でもまあ、エリオットの暇が潰れれば結果としてコニーの暇も潰れるし、『幽霊男爵』でいるときの少年みたいなエリオットが、コニーは好きだ。だから機会があれば必ずこの問いを投げる。そのことで変人扱いされることはめったにない。だってこの国の人々は、昔から幽霊が大好きなのだ。

少年は少し考えてから言った。

「これは有名すぎ？　ヴィクの幽霊」

「ヴィク。ロイヤル・ヴィクトリアン劇場？」

コニーが聞き返すと、少年はうなずく。

「そう。最近ちょっと名前が変わったけど、とにかくヴィクだよ。劇場に幽霊はつきものだけど、ヴィクの幽霊は天井桟敷《さじき》で子どもを攫《さら》う。特に赤ん坊が危ないって」

幽霊が出るだけではなく、子どもを攫うというのは珍しい。過去には幽霊がひとを呪い殺す事件もあったけれど、それは積もり積もった呪いの結果だ。大多数の事件ではせいぜいがポルターガイストを起こすくらいの悪事だった。

コニーは興味を惹《ひ》かれて問いを重ねた。

「攫われた子はどうなるんだ？」

「死んで見つかる。でも、綺麗《きれい》になってるらしい」

「綺麗？　死体が？」

「そう。生きてるときはしわくちゃの猿みたいだった子も、天使さまみたいになって見つかるって話だよ。んじゃ、オレはそろそろ商売があるから。パイ美味かった」

パイの代金分は喋《しゃべ》った、とでも言いたげに、少年はひらひらと手を振って去っていく。

コニーはその後ろ姿を眺めながら、しばし考えに沈んでいた。

天井桟敷で子どもを攫う幽霊。

いかにもエリオットの好きそうな事件ではあるが、少年の話はあまりにも断片的だ。そもそも天井桟敷は劇場の中でもっとも安い席。労働者階級がおしあいへしあいしているところで、エリオットのような紳士にはふさわしくない。

となればこれは、イーストエンド生まれ、サーカス育ちの、コニーの事件だ。

◇

ロンドンにはピンからキリまでいくつもの劇場がある。

ピンは紳士淑女《しゅくじょ》が夜会服姿でオペラなんかを聴きに押し寄せる王立のミュージック・ホールで、キリは治安の悪い区画の廃屋の二階の床を抜いて天井に無理矢理ペンキを塗ったりして作った劇場もどきだ。

ロイヤル・ヴィクトリアン劇場はそのどちらでもない。歌もシェイクスピアもメロドラマもやる古い劇場だ。舞台をぐるりと囲む客席は三階席まであり、さらにその上、身を乗り出せば巨大シャンデリアに触れられるんじゃないか、というような席もある。

これを『天井桟敷』という。

「ちょっと。悪いけど、中へ入れてよ」

なまりたっぷりのつっけんどんな言いように、天井桟敷の男がちらりと振り向く。

「おう。みんな、通してやれ！　そら、通してやれ、あかんぼ連れだ!!」

男が叫ぶと、天井桟敷に並んだ無数の頭のいくつかがこちらを向いた。

土曜の劇場はびっくりするくらいごった返している。格安の席に詰めかけているのは、この日のために精一杯のおめかしをした呼び売り商人に下っ端《したっぱ》メイド、革なめしや帽子作りの職人たち、その他一体なにをやっているのかわからない魑魅魍魎《ちみもうりょう》がぎっしり。

「席は何番だ！」

「こっちが空いてるぞ！」

「ありがと、でもここの椅子《いす》になんか座ってらんないわ！　ここで立って見るわよ」

次々と親切めいた声がかかるのを、赤ん坊のおくるみを抱えた女は適当にいなす。

天井桟敷の椅子はあまりにも座り心地が悪かったし、座るとほとんど舞台が見えなかったので、彼女の行動はさして奇異なものではなかった。

皆がそうか、と言って女のことを忘れたころ、女はきらりと光るグレーグリーンの瞳で辺りを観察し始めた。古ぼけたボンネットの下に垣間見えるのは、コニーの人形めいて美しい顔だ。彼の女装と安っぽい化粧は完璧だった。サーカスで覚えた技で、コニーはツンとした貴婦人にも、あばただらけの洗濯女にもなれる。

おくるみの中身は細かな砂をつめた人形だった。作りはぞんざいなものだが、よほどのぞきこまれないかぎりばれないだろう。劇場内はとにかく暗いのだ。

さて、お膳《ぜん》立ては完璧。幽霊とやらはどこから出現するのやら。

コニーが客席の脇の闇《やみ》に立って目をこらしていると、桟敷の出入り口辺りがざわめいた。

「何ぼーっとしてぶつかってんだよ、しゃっきりしな！」

「子どもを泣き止ませろ、うるせえぞ!!」

「すみません。あっ、ごめんなさい、すみません……」

罵倒《ばとう》されて小さくなっているのは、まだ少女と言っていいくらいの十代女性のようだ。

いかにも気弱そうで、背には一歳児くらいの子どもを背負っている。

あれも『赤ん坊』のうちに入るのかな、と少し考えたのち、コニーはするすると人混みをすり抜けて彼女に近づいていった。

「赤ん坊連れて来たの？」

気安く声をかけると、少女は必死に目を伏せる。

「あっ、はい、ごめんなさい……」

「大丈夫、私もだから。こっちに来たら？　まだ場所があるわよ」

「本当ですか？　あなた、なんて親切なんでしょう。まるで天使だわ……ああ、ああ、坊や、どうか静かにして……」

背中の子どもを揺すり上げつつ、少女は泣きそうな声を出していた。そんな声を出すくらいなら家にいればいいのに、とは言わず、コニーは親切そうに言う。

「ジンかアヘンチンキを飲ませてないの？　おとなしくなるのに」

「え……!?　そんなのはいけません！　だめですよ、体に悪いじゃないですか……！」

こちらに木偶の顔を向けて言う少女に、コニーはへえ、と思う。身なりからしていかにも貧しそうなのに、子どもの体のことなんか考えるのか。

「でも、それくらいでへたるような体の弱い子は、結局死なない？」

コニーが問うと、相手はますます真剣な調子になってきた。

「いえいえいえ、だめですって、そんな考え方！　子どもはみんな天使なんですから」

「まるきり悪魔みたいな声で泣くのに？」

「それは子どもだからしょうがないです！　あなた、そんな綺麗な顔だから色々苦労したのかもしれないですけど、心まで貧しくなっちゃダメですよ。赤ちゃんを大事にして」

少女は木偶の顔をコニーに近づけ、赤ん坊を抱くコニーの手に自分の手を添えてきた。

その温かみに、脳裏をちらりとよぎるものがある。

真っ赤な夕日。冷たい水。伸べられる手。

――コニー。

あれはやっぱり、母さんだったんだろうか？

冷たい水の中に幼いコニーを放りこんで泥あさりをさせる母さんは、ダメな女だったんだろうか？　育ての親の手品師がダメな奴なことはわかっている。

立派で美しいエリオットが、『奴は人間のくずだ』と言い切ってくれたから。

でも、母さんは？

「あー……ああああ、ぎゃあああああ、わーあ、あああああ!!」

思考を断ち切るように、凄《すさ》まじい泣き声が辺りに響く。少女が背負った子どもの声だ。

天井桟敷の客たちが一斉に振り返った。

「黙らせろ!!」

「てめぇでできねえなら、オレがやってやろうか!?」

「すみません、すみません、すみません……!」

少女は必死に頭を下げるが、子どもは猛烈に泣き続けている。幽霊も寄りつきそうにない目立ちぶりに、コニーは少女の肘《ひじ》を引いた。

「いったん外に出たら？　赤ちゃん、カエルみたいな変な声出してるよ」

「ほんと、すごい声ですよね……うわあ、顔色も酷《ひど》いわ。ここじゃ酸素が足りないのかもしれない、急がなきゃ！　私の子が、私の天使が大変なことになっちゃう!!」

「……こっちにおいで」

放っておいてもよかったのだが、コニーは彼女の手を取って人混みの中をすり抜け始める。とんだ気まぐれだ。

でも、多分、この子は『いい母親』のような気がしたのだ。

サーカス時代に見た母親はちょっとしたことで子どもを捨てるか、芸人に育てるためにぶったたくかのどちらかだったし、使用人になってから見た貴族の母親たちは子どもを子ども部屋に閉じこめっぱなしだった。世の中には『いい母親』があまりに少ない。

だから、こうして目についたときくらいは守ってやってもいいような気がした。

「通して、通してください。子どもが病気なの!!」

少女が叫ぶと、人々は面倒くさそうに道を空ける。

若い男がコニーの腕を摑《つか》んで、手を繫《つな》いでいる少女ごと人混みから引っこ抜いた。

「途中退場なら、こっちから出なさい」

「ありがとうございます」

コニーは低く頭を下げて、そのまま小さな扉をくぐる。

扉の先は狭い下り階段だった。

天井桟敷に上る階段は他の席に行く階段とは玄関から違って粗末だが、この階段はさらに粗末だ。ぽつん、ぽつんとあるガスランプの明かりを頼りに、コニーと少女は階段を下りていく。その間も少女の子どもは泣き続けていた。

「うわあああああ、うわあっ、ぐっ、ぐげっ、ぐあっ」

「……大丈夫? 誰かがいたずらで口に何か突っこんだりしていない?」

異様な泣き声が気になり、コニーはちらと振り向く。少女ははっとした顔で背負い紐《ひも》をゆるめ、幼い子どもを腕に抱いた。

コニーは初めてまともに彼女の子どもの顔を見て、妙な気分になる。子どもの顔もやっぱり木偶に見えるが、この顔は不自然なくらいぴかぴかだ。あんな泣き方をしていたわりに、死の気配がさっぱりない。

子どもはコニーを見ると、不意に野太い声で言った。

「オレがそんなクソガキのいたずらなんかにひっかかるわきゃねえだろうが、あばずれ。たらたら振り返ってるんじゃねえよ」

いささか高めではあるが、成人男性の声だった。

こいつ、背丈だけ赤ん坊の、大人だ。

コニーが目を瞠《みは》った次の瞬間、少女に抱かれたままの『彼』が強烈な蹴《け》りを繰り出す。

まさか、と思った。だって、コニーは人形とはいえ赤ん坊を抱いているのだ。

『彼』の蹴りはコニーの抱いた赤ん坊人形に命中する。ぐらり、バランスが崩れた。

「行け！　その先は天国だぜ」

『彼』のあざ笑うような声が響くのと同時に、オーケストラが演奏を始めたのがわかる。天井桟敷の客たちが大喜びで足を踏みならす音がこもった響きを生む中で、コニーは背中から階段にたたきつけられた。

とっさに頭をかばう。コニーの体はボールみたいにはずみながら階段を落っこちていった。体のあちこちに断続的に衝撃を感じる。それが、ほとんど永遠かと思える間続く。

僕、壊れるかもしれないな、とコニーは思った。

自分は人形だから、最期のときは『死ぬ』ではなく、『壊れる』だ。

壊れるのを恐れたことは一度もない。ただ、壊れたら褒めてもらえないな、と思う。

いつだって、褒めてもらえるのは生き残ったときだ。

——コニー！　よくやった!!

サーカス時代、冷たい水の底から上がっていったとき、一番に駆け寄って褒めてくれた男の顔を思い出す。顔の真ん中に居座る巨大な鼻、その鼻をつまんでぐいっとひねり上げたみたいな顔。つぎはぎのトップハット、こぼれそうなぎょろ目。

死を覚悟したコニーの脳裏に蘇《よみがえ》ったのはエリオットではなく、育ての親の手品師の笑顔だった。

◇

『コニー！　よくやった!!』

初めて手品師が手放しで褒めてくれたのは、コニーが自力で獣《けもの》用の檻《おり》から逃げ出したときだった。てっきり死ぬほど殴られると思っていたコニーは、彼の熱い抱擁《ほうよう》を受けて呆然《ぼうぜん》としたのを覚えている。

手品師はけして品のいい男ではなかったし、言ってみれば支配的な人間だった。そうでなくては、拾った孤児に向かって『お前は人形だ』なんて言い聞かせなかっただろう。

彼はコニーに身の回りのことをなんでもさせたし、舞台にも出したし、暇になるとすぐ殴った。

『不満はないな？　お前を作ったのはわたしだ、つまりはわたしはお前の神なんだから』

『はい、ご主人さま。作っていただいてとても嬉《うれ》しいです』

『おい、なんだその棒読みは。もっと嬉しそうに言え！　お前はわたしの、一流の手品師のショーに出るんだぞ!!』

『はい、ご主人さま。僕はご主人さまの完璧な助手を目指します』

『馬鹿野郎《ばかやろう》、人形が完璧な助手になんかなれるもんか、生意気な!!』

ことあるごとに殴られているコニーを見て、同情してくれたひともいた。

『あんたさ、知ってる？　あの手品師、あんたが助手になってからぐっと人気になったのよ。美少年が消えたり剣に刺されたり、みんなそういうことに興奮すんの。あんた、あいつなしでもやってけるわ。あたしと逃げるんなら、あたしが食わせてあげてもいい』

サーカスの派手な女の子はそう言ってせっせと幼いコニーに色目を使ったけれど、コニーにはその顔も木偶に見えた。コニーは彼女をすげなくふった。

コニーの目に人間の顔に見えるのは手品師だけだった。コニーは彼の言うことだけを聞き、彼の命令にだけ従い、彼がいないときは何も考えず、何もしなかった。コニーは文字通り完璧な人形だった。

ただし、不幸なことに、手品師は完璧な神さまではなかった。

『おい、お前のせいで大失敗だ!! どうしてくれる、わたしの興行が、わたしの芸術が、わたしの人生がぶち壊しだ!! どうしてわたしの人形のくせに上手《うま》くやらない!?』

やがて手品師は老いてきたのだ。手品の種は古く、手はアルコールで震えていた。

彼は自分の失敗をコニーに押しつけ、食事を抜き、縛ったまま獣用の檻や箱の中に閉じこめた。コニーはそんな理不尽にも平然と耐えたが、やがてさらに問題が起こる。

『おい、コニー!! どこだ、どうしてわたしが呼んでも来ない!!』

あるとき、手品師はコニーを閉じこめたことを忘れて彼を呼んだ。

コニーは大いに混乱した。行くべきか、行かざるべきか。しばし考えたのち、結論は出た。呼ばれたからには行かなければならない、なんとしてでも。

必死になったコニーの頭はぱちぱちと火花を発して解決策を探った。探ってみれば、ヒントは多かった。手品師から教わった錠前《じょうまえ》の開け方、軽業師《かるわざし》やブランコ乗りの女の子たちが勝手に教えてくれた体の使い方、筋肉の動かし方、関節はどこまで曲がるか。

　今まで無視していたそれらを総動員すると、あらぬ方向へ体をねじ曲げることができた。あとは肌がすり切れるのも構わず、汗が滴《したた》ってシャツがびしょ濡《ぬ》れになるのも構わず、ひたすらに工夫を続けるだけだ。コニーは自力で縄を抜け、一度関節を外して重い足枷《かせ》から足を抜いた。関節をはめ直して、襟《えり》の大げさなフリルを保つために縫い込まれていた針金を取り出し、鍵を開けて、ついに檻から脱出した。

『遅かったじゃないか!!　何？　……お前、自分で出てきたのか？　あの檻から？』

　事情を説明したときの手品師の顔は見物だった。ただでさえゆがんだ顔があんぐり口を開けたことでさらに間延びして、今にも崩壊寸前に見えた。

　コニーは不安になったが、手品師はすぐに大声で怒鳴りながら抱きついてきた。

『コニー！　よくやった!!　よくできたな、さすがはわたしの人形だ!!』

　びっくりするほど温かな抱擁に、コニーは目を白黒させた。

　彼にこんなふうにされるのは初めてだった。彼がこんな声を出せるなんてことも知らなかった。手品師はいかにも楽しそうにゲラゲラ笑って、コニーの手を取って狭い部屋でくるくると踊り回った。コニーは痺《しび》れの残る体で彼についていきながら、薄ぼんやりと、嬉しいな、と思った。同時に胸が痛むような気もした。

こうしてコニーはなんとはなしに理解したのだ。手品師は人形を壊したいわけじゃなく、いろんな芸ができる人形を欲しているんだな、と。

コニーは生来物覚えのいいほうであったし、身体能力にも恵まれていた。だからそれからしばらくは、とてつもなく上手くいった。コニーは目を開き、耳を澄ませ、新たに獲得した技を磨いて、「大脱出」を持ちネタに手品師と共に舞台に立った。

黄金時代だった。

拍手、拍手、拍手！　拍手まみれの毎日！

何をやっても観客たちは見たことがないくらい感動し、毛皮でぐるぐる巻きの紳士淑女がわざわざ立ち上がって拍手を送ってくれた。手品師の控え室には花が溢《あふ》れて廊下にまではみ出し、サーカス劇場には手品師の大きな顔看板が飾られた。

手を替え品を替え、コニーは大脱出を演じた。最初はトランクや箱。それに飽きられたら金庫や檻。それにも飽きられたら水槽！

手品師の無茶ぶりをコニーが己の身体能力でクリアしていく形で、どんどんネタは増えていった。演出が上手ければそれで充分、観客たちは喜んだ。

『コニー、よくやった!!』

脱出が成功するたび、手品師はコニーに駆け寄って抱きしめてくれた。そのときの幸福感たるや、目の前で黄金の星が弾《はじ》けるかのようだった。星の欠片《かけら》ですべてがきらめいて見え、彼の人形であることに至福を感じた。

手品師とコニーは完璧なコンビだった。

――あの紳士が、来るまでは。

『コニー・ブラウンさんですね。あなた、わたしの劇場と組みませんか？　大もうけができますよ。家だって買える。女性にもてる。あなたの見た目なら花形間違いなしだ』

紳士は野太い声で調子のいいことを言い、木偶の顔を静かにコニーに近づけた。

『……大脱出の技を持っているのは手品師じゃない。あなたのほうですね？』

ばかな。そんなわけないだろう。僕は人形なのに。

コニーは紳士の申し出をにべもなく断り、大急ぎで手品の稽古《けいこ》に戻った。

脱出の技を考えたのが誰かなんてどうでもよかった。彼は人形を辞める気はなかった。人形になる前のことはほとんど覚えていなかったし、あのころの自分には何もなかった。すべてを与えてくれたのは手品師なのだ。人形がひとりで舞台に立てるはずがないし、家族も家も手に入るはずがない。手品師と別れたら魔法が解けて、元の人形に戻って泥に沈むしかないだろう。

コニーはそんなのは嫌だった。ずっと人形でいたかった。永遠に舞台の上にいたかった。

永遠に手品師に抱き留められたまま、拍手を聞いていたかった。

でも結局のところ、コニーの世界に永遠はなかった。

脂ぎった紳士の申し出があったその日、コニーは手錠をかけられたうえで箱に入れられ、テムズ川に沈められるショーに出た。コニーはいつもどおり、箱の中で大急ぎで手錠を外そうとした。でも、できなかった。鍵穴が、埋められていた。

コニーはぎょっとした。そして、すぐにぴんときた。

こんな細工ができるのは手品師だけだ。

そうか、彼は全部聞いていたんだ。全部聞いていて、僕を手放すことができなかったんだ。コニーは箱の仕掛けを使って外に出たが、そこまでだった。手錠がついていては泳げず、どうにか浮き上がってみても、もう手品師は抱き留めてくれないだろう。

だったらもう、壊れるしかない。

悲しみはなかった。ただ、少し、戸惑っていた。人間は難しかった。人形には理解できないことが多すぎた。でももうどうでもいいんだ、と思うと目の前が少しばかりキラキラした。ここを過ぎたら苦しみもないんだろうな、と思った。壊れるって、とても楽だ。冷たい黒い水に包みこまれ、無数の死者の手に絡め取られながら、落ちていく。壊れていく。

寒い。冷たい。

寒い。苦しい。

寒い、冷たい、苦しい、赤い――赤い、夕日。

誰かがこちらへ手を伸べる。

コニーは囁く。

ねえ、寒いよ。

ねえ、ぼくの、

「……さま」

震える唇から声がこぼれる。

はた、とコニーは目を開けた。

のろのろと眼球だけを動かして辺りをうかがう。

酷く暗い。でも、水の中じゃない。さっきまでのは夢か。だったら、ここはどこだ。自分がまとっているのは……色あせたドレス。

粗末な古着を見た瞬間、勢いよく今までのことを思い出した。

そうだった、自分は先ほどまで劇場にいたのだ。天井桟敷に出るという幽霊の噂《うわさ》を追ってやってきた。そこで出会った男に階段から蹴り落とされて……痛みにうめいている間に白い頭巾《ずきん》をかぶった頭がいくつものぞきこんできたのを覚えている。多勢に無勢だな、と気絶したふりで様子を見ているうちに、実際意識が薄れていったのだろう。

コニーは痛む体を引きずって立ち上がろうとして、自分が後ろ手に拘束されていることに気づいた。縄抜けは十八番《おはこ》だが、まずはそのまま暗闇の中に目をこらす。

ごつごつした床は岩だ。人工的に掘り抜かれている。

寒い。全身が凍えるようだ。そして、少しばかり息苦しい。

『ここは天国に近い場所《ここ》だよ』

『君を天使にしてあげる』

さっき白頭巾たちに言われた言葉が、ぼんやりと思い出される。彼らの声音《こわね》は気味が悪いほどに優しかったが、コニーの心には響かない。

「……人形は天使にはなれない」

コニーはぼそりとつぶやき、拘束を解くために集中した。拘束に使われる縄の結び方はよほど特殊なものでないかぎり数種しかないし、コニーはよほど特殊なほうの結び方もすべて把握している。

さして時間もかけずに縄から抜けると、次は部屋の様子の確認だ。家具はなにひとつなし。出口は小さな鉄扉ひとつ。もちろん鍵がかかっている。

床に近い場所に、ネズミの巣穴程度の穴がひとつ。どうやらそこから冷気が吹きだしているようだ。壁の向こうには空洞の気配がある。冷えた岩壁に耳を付けてじっとしていると、ごおおお……という轟音《ごうおん》が遠く聞こえた。

「ロイヤル・ヴィクトリアン……ウォータールー……ウェストミンスター……」

劇場周辺の地図を思い出そうとしてつぶやいている途中、不意にがくりと膝《ひざ》が崩れそうになる。慌てて体勢を立て直すが、今度は頭がぐらぐらするのに気づいた。寒いせいか。階段から落ちて、どこかを打ったせいか。どちらにせよ、調子がおかしいのは確かだ。

「……鍵開けは可能かもしれないけれど、敵は複数。無事に地上まで出られるかはわからない。それでも逃げなくちゃいけないでしょうか、旦那さま」

彼はひとりごち、今の主人の顔を思い出す。

あの顔をコニーが初めて見たのは、外れない手錠をくっつけたままテムズに沈んだときだった。

どこまでも沈んでいく間に、目の前にチラチラと奇妙なものが見え始め、ああ、そろそろ自分は壊れてしまうのだなと思った。

そのとき、不意に彼が現れたのだ。

とんでもない高価な衣類をまとったまま川に飛びこんで深く沈み、コニーの前に現れたひとりの紳士。彼に腕をひっつかまれた途端、コニーには彼の顔が見えるようになった。

青白い肌に映える黒い眼帯、彫りの深い顔に浮かぶ真剣な表情。恐れげなく真っ向から見つめてくる真っ青な瞳。

当時の驚きをまだ覚えている。生々しい畏《おそ》れを覚えている。

あのとき脳裏に焼きついたエリオットの顔は、コニーの記憶の中にはっきりと生きている。記憶の中の彼は屈託なく笑い、いかにも彼らしい言葉を告げる。

『お前が考えて、いいと思ったようにしなさい』

「自分で……考えて」

そうだ。彼ならきっと言う。

そうやって、最後の最後は突き放す。

コニーは自然と難しい顔になり、しばし考えこんだ。そのあとかすかに微笑《ほほえ》んで、すとんと床に座りこむ。

そうしていると、冷気が部屋の下部に溜まっているのがよくわかる。体があっという間に冷えていく。大して不快ではないが、まぶたが、ずん、と重くなる。

『本当にそんなことがしたいのかい、コニー？』

頭の中のエリオットは少し悲しそうな顔をしたので、コニーはくすくす笑ってしまう。

『僕がいいようにすればいいって言ったじゃないですか』

『だからって、そんなことをしたら死んでしまうよ』

『いいんです。だって……』

……眠い。頭の中での会話すら続けるのが困難になり、がくりと前のめりになった。

このまま眠ってしまえたらどんなに楽だろうと思うが、まだ目は開け続けていなければならない。頭の中ではまだエリオットが嘆《なげ》いている。

『お前にはまだ経験してもらわなきゃいけない幸福がたくさんあるんだ。長い長いリストにしてあるんだよ。一緒に作ったんだから、知ってるだろう?』

『知ってますよ、旦那さま。あなたはそういう方ですね。でも、僕は……』

どうにかこうにか続けていると、まぶたはいよいよ重くなった。意識がまだらになってきて、ほんの刹那《せつな》、テムズの底に沈んで泥をあさっている夢をみた。

いけない、目を覚まさなきゃ。ほら、もう少しだよ。目を開けて、コニー・ブラウン。そろそろ見えるよ。そら、今のだ。ふわり、白いものが視界をよぎっただろ。あれだ。

――あれが、幽霊。

『見えた……見えましたよ、エリオットさま。さっきまで僕しかいなかった部屋なのに、地下鉄の制服姿の男がゆっくり行ったり来たりしている。いまさっき天井から下りてきたのは、つるはしを担《かつ》いだ労働者ですね。ああ、たくさんいる……たくさん、たくさん。これが、あなたの視界だ』

『コニー、気をつけなさい。お前にそこまで幽霊が見えるときは、お前が死にかけているときだよ』

頭の中のエリオットの声は険しくなるが、コニーはすっかり紫色になった唇に笑みを含んだ。そんなことはとっくに知っていた。壊れてしまうことは、今は少しだけ怖い。だって二度とエリオットに抱き留めてもらえないから。

でも、それでも。

エリオットと同じものを見られるのは、嬉しかった。

◇

「換気は充分に済みましたか？」

「はい、大天使さま」

「では開けましょう。新たな天使を迎えに参りましょう」

厳かな口調で声を交わしているのは、白装束の男女であった。

どちらも修道僧風の白い衣を荒縄で腰にゆわえつけ、頭には目だけがあらわになる白い頭巾をかぶっている。大天使と呼ばれているほうが女のようだ。

ふたりがいるのはロンドンの地下深く、コニーが閉じ込められた部屋のすぐ外だ。女が扉の向こうからまったく音がしないのを確認し、男にうなずきかける。背の高い男は恭しく前に出ると、分厚い手袋をした手で鉄扉の鍵を開けた。

ぎぃ、と音を立てて扉が開くと同時に、するすると冷気が流れ出てくる。

大きく身を震わせたのち、女は優しく歌うような声を出しながらランタンの明かりを掲げて扉をくぐった。

「怖がらないで、天使さん。少し寒かったけれど、快適な死だったでしょう？　本当はあなたのような歳の子は天使になるには遅いのですが、赤ん坊の人形など連れてきたのが悪いのですよ。しかも女装だなんて！　昔なら死刑です。だけどね、きっと大丈夫。そんなに可愛《かわい》いお顔なんですから、死ねばきっといい天使に……あら？」

「……どうされました」

不自然に途切れた台詞《せりふ》に、男が問いを投げる。

女はほぼ真四角の部屋の真ん中で、途方に暮れて首をかしげていた。階段からたたき落として拘束したコニーはここに転がしたはずだ。しかし、今残っているのはドレスだけ。

彼女は何度かドレスを裏返してみてから、男を振り返る。

「新しい天使が溶けています。まるで例の乾いた氷のように、跡形もありません。これはまれに見る素晴らしい昇天じゃありません？　やっぱり彼には天使の才能があったのよ」

「い……いやいや、まさか！　あの氷で引き起こされるのは凍死か窒息死《ちっそくし》ですよ。溶けるだなんて、そんな非科学的なことがあるはず……、んぐっ!!」

男は大慌てで言い、部屋に入ってこようとする。が、扉をくぐった直後にしめられる豚《ぶた》みたいな声を出した。

「なっ、何？　何!?　何が起こったんですの!?」

「ぐ、ぐう、う、ぐうう……」

女はうろたえ、じたばたする男の足が完全に浮いているのを見て息を呑《の》んだ。ランタンを持ち上げると、男の首には見覚えのある荒縄がかかっている。

「ひっ！」

目玉がこぼれそうな男の形相に、女はおびえて我が身を抱いた。

そこへ、冷たい声が降る。

「天罰だよ」

「だ、誰、誰なの、そこに誰かいるの!?」

女はあとずさってから、ぎょっとしたように震える。さっきの声は、よりによって『上』

からしたのだ。この部屋の上には何があった？　少なくともひとが潜《ひそ》めるような場所はないことを、女はよく知っている。

それなのに、コニーの声は相変わらず平然と降ってくる。

「そう。ここにいる。お前は幽霊？」

「違う……違います、私は地底の大天使よ！　その男も神の御使《みつか》いです、神の罰を受けたくなかったら、ただちに放しなさい!!」

どうにか威厳を取り戻して女が叫ぶと、男の体はあっさり解放された。

「うぇっ、げほっ、げぇっ、げほっ!!」

どさりと落ちて転がり、男は猛烈に咳《せ》きこむ。その傍らに、コニーはひらと降り立った。女が必死にそちらへランタンを向けると、きらりとまばゆい金髪が光る。ドレスを脱ぎ捨て、ブランコ乗りみたいなぴったりした服装になったコニー。

その顔がぞっとするような無表情なのを知り、女は我知らず、ごくりと唾《つば》を呑んだ。

「お前たちはヴィクの人混みの中から子どもを攫って古い階段から地下へ連れこみ、この部屋に放りこんで殺していた人殺しだね？」

コニーが冷淡に確認すると、女はぶんぶんと首を横に振った。

「違うわ、そうじゃない！　私たちは、恵まれない子どもたちに慈悲をかけていたの」

「死がお前たちの慈悲だ。『子どもたちが綺麗な死に顔で見つかる』っていうのは凍死だったからだろう。凍死した酔っ払いは大体綺麗な顔をしてる。どういうやり方で冷気を作ったかは知らないけど、床すれすれにある通気口から冷気が入ってくるのはすぐにわかった。僕は危なくなったところで鍵開けで外に逃れて、お前たちが戻ってくるのを見越して中に戻って元のように鍵をかけ、天井近くのくぼみに身を隠していたんだ」

「……本当に？　信じられない。そんなことが人間にできる？」

女が驚くのはもっともだったが、真実なのだから仕方ない。コニーは小さく肩をすくめて素っ気なく答える。

「僕は人形だ。逆さづりで拷問《ごうもん》器具に取り付けられていても手錠を外せた。このくらい大したことじゃない」

「あなた……」

「ここに他に子どもがいるようなら解放するんだ。すぐにそうしておいたほうがよかったと思うことになるから」

コニーが言うと、どうにか調子を取り戻した男がゆうらりと立ち上がった。

「このぉ……ばかにしやがって!!　俺たちの楽園を汚《けが》しやがって!!」

腕力での喧嘩《けんか》になると面倒だなと思いつつ、コニーは全身をあえて弛緩《しかん》させる。体格で明らかに負ける相手と喧嘩をするときは、速さが勝敗を分ける。すぐに動けるようにとの配慮だが、意外にも女が間に割って入った。

「待って、同志。私に任せて」

「今さらですか？　こいつは天使にならなかったんですよ、もう育ちすぎだったんだ、魂が汚れすぎていて、その資格がなかったんだ!!」

「それも大人のせいだったのよ。汚れた大人たちのせい。ね？」

女は男の背をさすってなだめると、自分の白い頭巾を取る。優しげに笑ってコニーのほうを見た顔は、やっぱり天井桟敷で見た少女のものだった。まだ若いのにな、と、そんなことを考えるコニーに、少女はせっせと話しかけてくる。

「拷問器具に手錠だなんて……あなた、特別酷い目に遭ってきたのね。それでも優秀だから死ぬことはできなくて、苦しみばかりが延々と続いて、ついには自分のことを人形だなんて言って……。私には、わかるの。女装なんかしてこんなところまで来たのも、きっとあなたの意志じゃないんでしょう？　強要されたのね？」

コニーはすぐに答えようと口を開き、戸惑った。

こういうとき、どう答えたらいいんだろう。確かにここへ来たのはエリオットのためだが、エリオットに命令されたからではない。じゃあ自分の意志なのかと言われると、それも自信がない。だって自分は人形だから。

ためらっているうちに少女はコニーに歩み寄り、痩《や》せた腕にそうっと触れてきた。壊れ物に触れるような、優しい手つきだった。

「大丈夫。私はあなたみたいな子も救ってあげられるわ。あなたのご主人さまより、よっぽど優しく救ってあげられる。だって私には、あなたを天使にしてあげる力があるの。あなた、聖書くらいは習ったでしょう?」

「ぜんぜん」

コニーが言うと、少女の目は鈍く光る。彼女の指が強くコニーの腕に食いこんだ。

「だったら、あなたのご主人さまはあなたを救う気なんか全然ないわ。だってそうでしょう? 死んだらどうなるかを考えるのは、誰だって怖い。その怖さを救うのが聖書よ。でも大抵のひとは聖書の解釈を間違えている。だからすぐに悲しい気持ちになるの」

「聖書の解釈……」

実際にはエリオットはコニーに聖書について様々な話をしてくれたし、使用人たちもいろんなお祈りを教えてくれた。けれどそれは勉強ではなかったし、それをしたからといって気持ちが変わるものでもなかった。

目の前の少女は、コニーにとっては至極不思議な話をしていた。

彼女は続ける。

「私たちは聖書の本当の解釈に成功したの。よく聞いて。天国は雲の上じゃなく、地中にあるのよ」

「……だから、こんなところに？」

コニーが問い返すと、女はにんまりと笑ってうなずく。

「そうよ。最新の科学では、地中奥深くに猛烈な熱量があるとされているの。その熱量こそが世界の心臓であり、星々を動かすエーテルが生まれる炉《ろ》でもあるの。そこに近づけば近づくほど私たちは天国に近づいていき、完全なものに近づくんだわ」

「僕は別に、完全になろうとは思わない」

「それは完全な状態を知らないからよ！　知らないように操作されてきたからよ。多くの不幸な子どもたちと同じだわ。よく聞いて。私の使命は、不幸な子どもたちを天使にすること。それだけなの。このまま生きていたら不幸になると決まっている子たちだけを選んで、地中で幸せな天使にしてあげるの。一生分の不幸をなくしてあげる」

少女の言葉はコニーの耳から入ってきて、心臓に落っこちてはこつこつと音を立てた。

コニーは不幸な子どもたちを知っている。幸福な子どもたちも知っている。この二種類の子どもたちはめったに入れ替わらない。貴族に生まれたものは貴族に育ち、泥あさりに生まれたものはせいぜい港湾《こうわん》労働者に育つ。それがこの世界のルールだ。

そんな世界に平等に降り注ぐ救いがあるとしたら、なるほど、それは『苦しまない死』のみなのかもしれない。

少女は優しく喋っている。

「あなたは辛い目に遭ったわね。とってもとっても辛かった。だからこそわかるでしょう？　苦しい人生を続けることは、幸福なんかじゃない。私は生きるのが正しいなんて言わない。私はあなたを救ってあげる。ご主人さまの代わりに、なってあげる」

そこまで聞いて、コニーは不意に顔を上げた。そのまま彼は歯切れよく告げる。

「あなたに、エリオットさまの代わりはできない」

「そう？　でも、私にはきっとあなたを救えると思うわ」

動じずに微笑む女を、コニーはじっと見つめた。

「だからあなたはダメなんだ。僕はエリオットさまに救われたから、あのひとについていってるわけじゃない」

「あら。じゃあなんだっていうの？　金が目当て？　それとも……」

少女は穏やかに会話を続けつつ、それとなく白装束の懐をさぐった。黙って聞いていた男のほうも表情が険しくなったのを視界にとらえ、コニーはひょい、と背後に隠し持っていた銃を取り出してみせる。

「ひょっとして、これを探してるの？」

親切そうに問い、銃口を少女の額《ひたい》の真ん中に当てた。

そうしてコニーは鮮やかに笑う。くるくるの金髪を額に垂らした、それこそ天使みたいに無垢《むく》な顔で告げる。

「天使になってみる？　一生分の不幸をなくしてあげる」

実にあっけらかんとした声だった。一切悪びれたところのないコニーに何を見たのか、少女はみるみる真っ青になっていく。

「大天使さま!!　ご無事ですか!!」

わずかに遅れて、少女の背後、暗い通路にばたばたという足音が響き渡った。少女は見るからにほっとした顔になり、必死に声を張り上げる。

「私はこっちです、早く、早く来て、この子を救わなくてはなりません……」

「ただいま参ります!!」

すぐに男の声が答え、闇の中にぼうっと白装束が浮かび上がる。少女と共にいた男もすっかり安堵《あんど》したようで、新手の味方のほうへとじりじり近づいて声をかけた。

「早く来てくれ、銃はあるか？」

「こんなこともあろうかと持ってきました！」

新手の男が言い、さっと懐から銃を取り出す。少女のお付きの男は何度もうなずき、コニーのほうを指さした。新手の男は深くうなずき返し、銃口を少女のお付きの男の膝に向けると、躊躇《ちゅうちょ》なく発砲した。

「う、あ、なに？　なん、で、う……うわあああああ!!」

「何？　どうしたの？　何があったの？」

少女が紙のような顔色になってきょろつく。コニーは静かに銃を下ろし、通路を見やった。少女のお付きの男は血まみれの膝を押さえて床を転げ回るが、新手の男はまだ彼に銃口を向けたままだ。

他の新手はというと、皆それぞれ警棒を手にしてじっと様子を見ている。

「な、に……？　あなたたちは……だれ？」

呆然とした少女の問いに、銃を持った新手が乱暴に自分の頭巾を取り去った。その下から現れたアポロ像みたいな顔に、コニーは自分の頬《ほお》がゆるむのを感じる。

青白い顔にいつもの眼帯、青い瞳にいささか鋭すぎる光をたたえた男は、エリオットだ。

彼は銃を構えたまま、コニーだけを見つめてにっこり笑った。

「呼んでくれてありがとう、コニー。おかげで間に合ったよ」

「すみません、エリオットさま。あなたのために幽霊事件を探そうと思ったんですが、ご覧のとおり、ただの悪党だったみたいで」

コニーが心から謝ると、エリオットは剣呑《けんのん》な瞳のまま声を立てて笑う。

少女はうっすら口を開けたまま呆《ほう》けていたが、白装束の新手たちが次々に頭巾や装束をとって警察の制服を見せると、ゆっくりと脱力していった。

◇

「しかしまあ、ひやひやしたね」

「申し訳ありません。でも」

「でも、と口答えできる立場かい？」

「でも……さすがに使用人に客間を使わせるのは、外聞が悪いかと」

天蓋《てんがい》付き寝台の上でつぶやくコニーの脇に座ったエリオットは、少々嫌味な調子で片眉を上げる。

コニーの休日は『ヴィクの大天使事件』でもって幕を下ろした。

新聞報道とヴィクターが教えてくれた噂によると、ヴィクの地下に巣くっていたのは、

『地球内部は空洞になっていて、そこに天国がある』という奇妙な教義を信じる信者たちの一派だったらしい。実行犯の少女は元メイド、低身長の男は彼女の弟で、職人だった親が死んだのち路頭に迷い、拾われた先の家でこの教義に染まったのだそうだ。

突き詰めていくと知識人や上流階級との関係もありそうだ、とヴィクターはため息を吐いていたが、あとは警察の仕事である。

事件を明るみにした立役者のコニーは、エリオットにタウンハウスの客間での療養を言いつけられていた。

お客が宿泊するための部屋は吟味《ぎんみ》されきったオリエンタルな高級品に溢れていて、いかにも落ち着かない。あげくエリオットがべったり寝台の横にくっついているとなると、コニーは寝ていても寝た気がしなかった。

「外聞を問題にするなら、女装で天井桟敷に乗りこむのも相当だよ」

「……すみません。僕があなたを呼んだせいで、せっかくのご旅行も台なしにしてしまいました」

象を刺繍《ししゅう》したクッションに背をもたせかけたコニーが頭を下げると、エリオットは苦笑して椅子から立ち上がった。そのままコニーのいる寝台の端に腰掛け、足の間で指を組んで穏やかに話しかける。

「お前が僕を呼べるのは、お前が死にかけたときだけだ。だからお前は、呼べるときにはいつだって僕を呼ぶべきなんだ。それに今回は、お前を助けに行くのに必要な情報もきちんとまとめてあって立派だったよ。ロイヤル・ヴィクトリアンの天井桟敷、女の顔、白い頭巾、部屋の様子、壁を伝って聞こえた地下鉄の音、同じく地下鉄職員らしき幽霊たち。あそこは地下鉄を通すときに掘られたトンネルの一部だったんだ。劇場の地下と細い通路で繋げてあった。そこまで詳しく僕が説明できたから、警察も動いてくれた」

「そういうやり方は、全部エリオットさまが教えてくださいましたから」

殊勝に言うコニーを見つめ、エリオットは彼の頭に手を置く。そうして豪快に髪をくしゃくしゃにしてやりながら顔を近づけた。

コニーはためらいがちに主人と視線を合わせる。

エリオットはたったひとつの青い瞳に困ったような色を浮かべて告げた。

「呼ばれたら、いつだってすぐに助けに行くよ。あのときもそうだっただろう?」

「……はい」

あのとき。

コニーがテムズ川に沈んだとき。

そのときのことを思い出すと、コニーの顔にはひとりでに笑みが湧いてきてしまう。

あのときのエリオットには、コニーの呼ぶ声——正確にいえば思念とか、心の声とかいうものらしい——が、聞こえたのだという。コニーは全然意識していなかったのに、エリオットは勝手にコニーの声を聞きつけてくれた。

そうして飛びこんできたエリオットを見たとき、コニーは一瞬ぎょっとしたのだ。だって最初、彼の顔は穴ぼこだらけの汚い木偶に見えたから。

これはやばい、と思った。こいつはすぐに死んでしまう人間の顔だ。汚い川になんか飛びこんだりするからだ、ばかじゃないのか、そう思って焦ったコニーは、なぜか彼に向かって手を伸ばした。

エリオットがそんなコニーの手を握り返したとき、不思議なことが起きた。

エリオットの顔が、綺麗になったのだ。

穴ぼこだらけで汚れきっていた木偶の顔が、不意にまっさらな新品みたいに綺麗になった。コニーがあっけにとられていたら、今度はその顔がすっかり人間の顔になってしまった。初めてのこと続きで呆然としたコニーを、エリオットは飛びこむときに握ってきた縄を伝って引きずり上げた。

水面でやっと空気を吸うことができたふたりは、しばし懸命に呼吸だけを繰り返した。

先に喋れるようになったのはエリオットだった。彼は泣くような、笑うような顔でコニーを抱き寄せ、荒い呼吸の間で叫んだ。

『君、なんて声で母さんのことを呼ぶんだ!!』

母さん。母さん。真っ赤な夕日。冷たい水。

母さんのことを、僕が、呼んだ？

そんなことはしていません、と言い返そうとしたが、なぜだか声が出てこなかった。喉の奥からお腹の底まで、不慣れなほどに温かいもので満たされているのを感じた。

なんなんだろう。一体、どうしたんだろう。

あのときは何が起こったのかさっぱりわからなかったけれど、エリオットの屋敷に引き取られて色々なことを学ぶうちに、あの温かみの意味もぼんやりとだがわかるようになった。

あの温かみは、『自尊心』だ。

見るからに立派で、美しくて、親切な紳士が、コニーの手を取ったことで生き返った。

なんでかはわからないけれど、母を求めて泣きながら沈んでいくコニーを助けることで、この紳士は救われてしまった。それはもう、死の影が吹き飛ぶくらい鮮やかに。

初めてだった。初めて、こんなふうにひとを救った。

この手が、ひとを救ったのだ。

その事実はまばゆいばかりの輝きとなってコニーの心を照らしていた。

エリオット、孤独なひと。エリオット、高潔なひと。一緒に暮らすようになって数年が経《た》った、今のコニーにならわかる。家族の献身でもって生きながらえてしまった彼は、いつだって自分の手で救う相手を探しているのだ。

救われるだけでは生きられない。

この手で誰かを救いたい。

それはエリオットとコニーの、たったひとつの同じ気持ちだ。

コニーは長いまつげを伏せて、こてんとエリオットの胸に頭を預ける。

エリオットは優しくコニーの肩を抱いてくれた。品良く華やかな香りがするシャツに軽く頬をすりつけて、コニーは自分に言い聞かせる。

僕はもう少しだけ、不幸でか弱い少年のふりをしていよう。それがあなたを救うことになるのなら、いくらでもそうしていよう。

あなたの身に危険が迫ったとき以外、僕はただの人形でいい。

それが僕と、あなたを生かす方法だから。

ほんのりとした満足感に包まれて、コニーはつぶやく。

「……それにしても、エリオットさま。ご旅行は本当はどこへ行く予定だったんです？

帰ってくるのにてっきりもう少し時間がかかると思いましたが」

「そこに気づくあたりがお前だね。まあ、そこはご想像にお任せするよ」

「なるほど。旅行というのは建前で、実際はロンドンのどこかでただれた不倫の沼に身を浸しておられたということですか」

「手厳しいな、君は！　それでこそ、僕のボーイだ」

エリオットは明るく笑い、コニーを抱きしめ直す。

コニーも自分では気づかないまま、至極普通の少年みたいな顔で笑っていた。

このひとがいるかぎり、大天使も聖書も地下の楽園も、コニーには必要ない。陰鬱《いんうつ》なロンドンに幽霊男爵がいれば、それだけでいいのだ。

参考文献

『ヴィクトリア時代　ロンドン路地裏の生活誌　上・下』ヘンリー・メイヒュー　著　ジョン・キャニング　編　植松靖夫　訳（原書房）
『ヴィクトリア朝小説と犯罪』西條隆雄　編（音羽書房鶴見書店）
『イギリス風殺人事件の愉しみ方』ルーシー・ワースリー　著　中島俊郎、玉井史絵　訳（NTT出版）
『ホームズのヴィクトリア朝ロンドン案内』小林司、東山あかね　著（新潮社）
『図説　呪われたロンドンの歴史』ジョン・D・ライト　著　井上廣美　訳（原書房）
『英国メイドの世界』久我真樹　著（講談社）
『図説　英国社交界ガイド　エチケット・ブックに見る19世紀英国レディの生活』村上リコ　著（河出書房新社）
『図説　英国貴族の令嬢』村上リコ　著（河出書房新社）
『ヴィクトリアン・レディーのための秘密のガイド』テレサ・オニール　著　松尾恭子　訳（東京創元社）
『〈インテリア〉で読むイギリス小説―室内空間の変容―』久守和子、中川僚子　編（ミ

ネルヴァ書房）
『達人たちの大英博物館』松居竜五、小山騰、牧田健史　著（講談社）
『ミイラの謎』フランソワーズ・デュナン、ロジェ・リシタンベール　著　吉村作治
監修　南條郁子　訳（創元社）
『問題だらけの女性たち』ジャッキー・フレミング　著　松田青子　訳（河出書房新社）
『フーディーニ!!!』ケネス・シルバーマン　著　高井宏子、庄司宏子、大田原眞澄　訳
（アスペクト）
『ヒステリーの歴史』エティエンヌ・トリヤ　著　安田一郎、横倉れい　訳（青土社）

※この作品はフィクションです。実在の人物・団体・事件などにはいっさい関係ありません。

集英社オレンジ文庫をお買い上げいただき、ありがとうございます。
ご意見・ご感想をお待ちしております。

● あて先
〒101-8050　東京都千代田区一ツ橋2-5-10
集英社オレンジ文庫編集部 気付
栗原ちひろ先生

有閑貴族エリオットの幽雅な事件簿

集英社
オレンジ文庫

2020年4月22日　第1刷発行
2020年7月22日　第2刷発行

著　者　栗原ちひろ
発行者　北畠輝幸
発行所　株式会社集英社
〒101-8050東京都千代田区一ツ橋2-5-10
電話【編集部】03-3230-6352
【読者係】03-3230-6080
【販売部】03-3230-6393（書店専用）
印刷所　図書印刷株式会社

※定価はカバーに表示してあります

ISBN 978-4-08-680317-5 C0193